보통의 노을

平凡的餘暉

李喜榮
이희영

目次

不祥的微笑

崔智慧小姐先留意到它的設計；而我則瞄了瞄標價。

「妳有病是不是？」我從臼齒間擠出了這句話。

「這件不是很好看。」

「少說廢話，先套看看。」

我們家崔智慧小姐可是不會乖乖聽話的。

店員將衣服拿出來，朝我背後走近。這就是「少說廢話，先套看看」的意思。崔智慧小姐的眼神似乎在示意著：「動作快點！」我也只好脫下身上那件陳舊的外套。

店員為我穿上的衣服非常輕盈，看來「超輕量」這個說法並非浪得虛名。除此之外，設計也很有時尚感，重點是夠保暖，我感覺身體已經熱了起來。

「哇，你穿這件真的很好看耶。你個子高，肩膀寬，穿什麼都帥。」

自己說是有點不好意思啦，但我的身材就是所謂的衣架子。店員誇得沒錯，我穿什麼都好看。也就是說，我大可不必穿這種超過五十萬韓元的高價位羽絨外套。

人們不是老是在強調這點嘛，跟我一起大聲喊，時尚的完成度取決於什麼？

「算了，我不喜歡這件。」

「我喜歡，就買這件。天氣就快轉涼了，總要有一件像樣的外套吧。」

「就是說啊，姊姊要送你衣服耶。好羨慕喔，你姊還會買衣服給你。」

崔智慧小姐對鼓著掌的店員露出了一絲微笑。

「我不是他姊姊。」

我想也是，我們家崔智慧小姐對於自己想做的事情，從不曾讓步。

「他是我兒子，我的親生兒子。」

店員兩隻眼睛眨了眨，反覆地看著我和崔智慧小姐。

何樂而不為呢？

聲稱自己有個十八歲長腿高中生兒子的崔智慧小姐，怎麼看都不到三十歲。甚至感覺根本連婚都還沒結，更別說是生過兒子了。人們都叫崔智慧小姐「妹妹」，但她只是外表年輕，真實年齡已經三十有四。

「嗯……哎呀。妳、妳應該是很早結婚吼……你們看起來根本就是姊弟啊。真羨慕弟弟，有個這麼年輕的媽媽。」

說姊弟是有點誇張，但我這年輕的媽確實是童顏過頭了。託她的福，偶爾會招來一些很誇張的誤會。只要她勾著我的手臂，尖銳的目光就會從四面八方投射而來。

他們的眼神都會寫著：「他們到底是什麼關係？」

因為姊弟之間，是不可能用那種寵溺的眼神對望的。

我擁有超過一八〇公分的傲人身高，我媽卻是不到一六〇公分的嬌小體型。「我這麼大一隻，是怎麼從一個風吹就會倒的瘦弱身軀中蹦出來的？」、「我媽那麼瘦小，我的骨架為什麼會這麼大？」這些莫名其妙的疑惑湧上了心頭。

「早點結婚好像也不錯。媽媽身材那麼瘦小的話，爸爸應該很高吧。好羨慕你喔，漂亮的臉蛋像媽媽，好身材像爸爸。同學，你這是集父母親的優點於一身耶。」

「不好意思……」

「好，就買這件超輕量的吧。真的很輕呢。」

雖然我急忙出手阻止，但崔智慧小姐這次也不會輕易讓步。

「我沒結婚。而且，我兒子沒有爸爸。」

我媽微微笑著；但店員已經快哭出來了。

雖然他們賣的冬季外套標榜超輕量，但銷售人員的嘴巴應該不用跟著輕浮起來吧。

人們堅信只要有兒子，就等於已婚；只要有孩子，就等於有丈夫。穿上了知名藝人代言的昂貴羽絨外套，心裡就會想：「我應該會變得和他一樣有型吧？」

總而言之，人類實在太單純了。

「這件不值這個錢啦。網路上韓元十幾萬的一大堆耶。」

我講不贏我媽，只好買下那件外套，但我還是覺得太貴了。

「這個牌子最近很紅耶。喂，這件已經很便宜了。更高級的要韓元（註1）七十還八十萬，不對，應該要超過韓元一百萬喔。」

「我才不在乎牌子。」

韓元五十萬元，確切來說是韓元五十二萬七千元。我腦海中的第一個念頭

註1　臺幣與韓元大約一比〇．〇二三，七十萬韓元大約一萬六千元臺幣。

是去計算我媽要賣多少飾品、收多少個學生才能賺到這些錢。

「而且，妳不要理他就好了啊。」

我當時用餘光瞄了媽一眼。只見崔智慧小姐瞪大了雙眼，臉上寫著「你說什麼？」

「有必要連那種事都告訴他嗎？講真的，根本沒幾個人會把我們當母子吧？」

剛認識我媽的人，會先被眼前這個女人三十四歲的年齡嚇到，接著再被她生過孩子這件事嚇到第二次。當得知她兒子已經十八歲之後，則會嚇得掩不住啞然失色的神情。

因為我們母子只差十六歲。

對，沒錯。我媽在高一那年就生下了我。

「兒子，我讓你很丟臉嗎？」

媽停下了腳步，我也跟著杵在原地。

她直髮及肩，臉龐圓潤白皙，上身穿著白色圓領T恤與天藍色針織衫，下身則搭配了刷破牛仔褲與球鞋，任誰都看不出她已年過三十。更沒人能想像到她有個孩子，還已經十八歲了。

「你不是沒有兄弟姊妹嗎，那你姊怎麼來了？」

每當新學期開始，進行家長面談時，同學們總是會追著我打聽那個不存在的姊姊。

「她不是我姊，她是我媽。」

現在被誇年輕沒什麼。早在我讀小學低年級的時候，大家就已經說她娃娃臉了。

即便如此，我媽還是沒有刻意做成熟的打扮，或是穿上老氣的衣服。因為她沒必要，也沒有理由這麼做。她總是活得自由自在，而我也從不曾覺得這樣的她會丟我的臉。

我始終都只是認為，不需要向外人提供我們母子的「詳細資訊」。

「妳哪有讓我丟臉？我只是覺得沒必要把這些多餘的事告訴別人啊。」

「是那個服裝店店員自己先講了多餘的話啊。」

媽媽大步大步地向前走，而我也配合著她的步伐。

「這是一種誇獎嘛，他是在誇崔智慧小姐的兒子長得帥啊。」

「所以你聽到他這樣講，很開心囉？」

老實說，一點也不開心。

我討厭人家談到「丈夫」，也討厭人家隨口提起「父親」。討厭到讓我寧可一語不發地買下那件超過韓元五十萬元的衣服，並迅速離開賣場。

當然，我並不覺得對方有任何敵意或刻意嘲諷，只是那位店員口中說出的話，確實不是很討喜。

「話說回來，妳剛剛有額外的支出耶。妳是多收了學生？還是準備了什麼重磅新品啊？」

我問了一個問題，試圖改變低迷的氣氛，但媽卻天真地笑著搖了搖頭。這個笑容，讓原本和樂融融的氣氛比之前低迷了好幾十公尺，低迷到讓我擔心地上會生成一個滲穴。

「妳找人印招生傳單了嗎？」

「還沒。」

「妳有在研發新款式嗎？」

「現有的款式也賣得很好。」

「我上週買給妳的珠寶雜誌創刊號，妳看過了嗎？」

「我討厭抄襲。」

「誰叫妳抄襲了啦？我只是讓妳參考一下。妳都不做功課，受不了耶。」

媽突然停下了腳步，倔強地瞪著我，似乎非常生氣，但我也按捺不住自己內心的怒火。

「你要囉嗦到什麼時候？」

她以為世界上有人會把囉嗦當成興趣或專長嗎？我也不想這樣啊。

我之所以會這麼說，是因為她不僅花錢大手大腳、毫無計畫，工作的時候也總是一副無所謂的樣子。看目前的狀況，明年店租八成又要漲了，難道不該提前做好準備嗎？

「這不是囉嗦，我之前就跟妳說過……」

「算了，我不想跟你講話。」

媽踏著小碎步越走越遠。

看樣子，她又生氣了。我當然很清楚，媽並不會毫無計畫地亂花錢。如果她是那種人，今天我們兩個就不會站在這裡了。

但是，不管別人怎麼說，崔智慧小姐就是要自己當老闆。這是一個很不穩定的職位，要是不努力，就會輸給別人，也無法預料營業額什麼時候會跌到谷底。

我的意思是，要是我能找到一份體面的工作也就罷了，但我們現在還在省吃儉用過日子，並沒有安於現狀的本錢，媽卻只叫我不要一天到晚囉嗦。誰喜歡囉嗦啊，真是的。越想就越不喜歡手上這件新衣服了。唉，我要剝多少洋蔥皮才能賺到這些錢啊？

「等等我！」

我大聲喊著，但崔智慧小姐已經轉彎了。

我應該先在路上買點炒年糕再回去才對。我們母子倆難得出來血拚，我卻把氣氛搞砸了。

今天是連宣傳店家開幕的充氣人偶都會小鹿亂撞的星期五。我走在路上與一對笑吟吟的情侶擦身而過。他們對望的熾熱眼神中，不只流淌著蜂蜜，甚至連蜂王乳都快溢出來了。

談戀愛是什麼感覺呢？至少不會覺得寂寞吧？

要是有人看到這樣的我，想必會說我是個對異性過度好奇，在寂寞中掙扎的可憐少年。但老實說，我對蚜蟲屁股裡流出的甜水毫無興趣。

即便如此，我還是得去研究戀愛或寂寞等等的鬼東西，這全都是因為……我那個年輕貌美到讓人無法相信她有個十八歲兒子的老媽。

一轉彎，我就看到一個獨自踱步的弱小身影。

媽就不想找個人交往嗎？她就不想感受一下像愛情那樣，柔得像軟糖，刺激得像蘇打水的情感嗎？我認為媽也需要一個真正的伴侶，這個男人的身分不是兒子，而是配偶。

其實，身邊一直有非常多人介紹好對象給我媽。但每當有人介紹，崔智慧小姐總是搖頭拒絕。

「媽，你拒絕他們是因為我嗎？」

「才不是因為你好不好？跟你一點關係都沒有。他就不是我的菜嘛，我喜歡約翰那一型的啊。」

她總是這樣回答我的問題。

約翰是一位知名男團成員。他擁有出眾的外貌與歌唱實力，連演技都無與倫比，號稱天才偶像。他目前以戲劇活動為主，比較少唱歌，我媽已經迷約翰好多年了。

仔細想想，那個叫約翰的偶像明星好像只比我大一歲吧？

天啊，她居然喜歡一個跟兒子差不多大的偶像。雖然是自己的媽媽，但我還是覺得她有點超過。

不過，追星跟年齡又有什麼關係呢？

就這樣，貪戀著知名偶像的我媽，依舊孤家寡人。她生下我後，就再也沒談過戀愛，也沒跟任何人約過會。當然，接近她的男人還是很多的。包括喪妻後獨自撫養女兒的裝潢公司老闆，還有健身教練、社區圖書館管理員等。其中還有一個男的足足比我媽小了六歲。

他只比我大十歲，用「年輕」二字來形容他都有點搞笑。

更令人驚訝的是，先認識那個人的是我，而不是我媽。我真是傻眼到說不出話來。

怎麼偏偏是他……想到這裡，我不禁笑了出來。

反正世界那麼大，男人那麼多，總會有個好男人出現在我媽身邊？一個擁有溫暖的心，非常愛她、非常疼她的人。如果他還具備出色的能力，那就再好不過了。

「媽，我去買炒年糕。我們晚餐就吃炒年糕吧。」

媽媽停下腳步，轉過身來。

「加一份血腸，豬肺多一點。」

看著她遠去的背影，我苦笑了起來。

為了喜歡炒年糕勝過白飯的崔智慧小姐，我邁開腳步走向小吃店。

◇

我每個週末都要打工，一天上班七個小時。工作地點是我家附近商店街三樓的中國餐廳，我媽則在同一棟的二樓經營工坊。

當一個高中男生說要去中國餐廳打工，十個人有十個會以為是做外送，但是很可惜，我工作的地方並沒有外送服務。

一打開店門，我便看見正在擦桌子的盛夏對著我招手。

我工作的地方，就是我的六年知己——盛夏的父親所經營的餐廳。

「餘暉，你來啦。」

叔叔從廚房裡探出頭來，我便對他鞠了個躬。

你問我在一家連外送都沒有的中國餐廳要做些什麼？我可是廚房助理呢。我們只是沒有騎機車外送，但可以送餐到同一棟大樓裡的商店喔。這裡的人感情很好，大家都像家人一樣。

不知不覺，我已經在這裡工作兩年了。

廚房本來是由盛夏的母親負責的，但後來阿姨她接受了友人的請託，每個週六和週日都得去花園餐廳上班。

確實，阿姨週末在外面上班的薪水，比中國餐廳一天的營業額還多，怎麼可能不去呢？而託阿姨的福卡到廚房助理這個空缺的，就是我本人。

剛開始，我不但常常剁洋蔥剁到哭，還差點在切紅蘿蔔跟馬鈴薯的時候把自己的手也一起切進去。總而言之，就是錯誤百出，一團混亂。

本來我相信在廚房業務方面，自己已經累積了一定程度的技能知識。但專業餐廳廚房和一般家庭廚房之間的差異，就像地球和海王星之間的距離一樣遙遠。

「餘暉，要不要我先隨便炒個飯給你吃？麵還沒揉好。」

「沒關係，我早餐比較晚吃，現在還不餓。」

我的上班時間是上午十點，一到店裡就要開始準備中午開店。

一般來說，中國餐廳的店名都是以「閣」、「城」、「賓」、「店」、「樓」等文字做為結尾的，但這家店的名字卻是直白到不行的「炸醬炒碼麵館」。菜單也只有炸醬麵、炒碼麵、炒飯和糖醋肉等，連常見的煎餃都沒賣。

炸醬炒碼麵館是一家純粹以味道取勝的餐廳。

每到週末午餐時間，蜂擁而來的顧客與商店街外送都會把我搞得暈頭轉向。當然，電話也經常響起。這家店明明一張傳單都沒有發過，我實在不知道這些人為什麼會打電話來。

他們總是在盛夏還沒來得及開口就唸出了自己的住址，還有炸醬麵和炒碼麵的份數。

一聽到盛夏說「我們不做外送」，便會氣急敗壞地怒斥「哪有中國餐廳不做外送的」。而氣壞的盛夏用「不做外送的中國餐廳就在這裡」這句話來回嘴的次數，已經多到數不清了。

為什麼人們一提到中餐館，就會自然而然地聯想到鐵皮箱和摩托車呢？我們也是有可能不做外送的啊。就像沒有人會因為鯛魚燒裡沒有鯛魚而生氣；也沒有人會因為雞蛋麵包沒做成雞蛋的形狀而發飆。中國餐廳不做外送又不犯法。

即便如此，還是有些人會大肆抨擊沒有外送服務的中國餐廳。

「是的，我們沒有外送。真的想吃的話，麻煩您親自來一趟。」

他們每次都會把壞脾氣的盛夏惹毛。

「其實我們家之前開了一家很大的中國餐廳，那時候應該有做外送。」

後來盛夏有一天跟我說，叔叔之前開過大型中國餐廳，規模跟現在簡直無法相比。但後來他突然把所有的店都收掉，搬到沙寒生活。

在盛夏上小學前，移居沙寒的叔叔有好一陣子沒有再下廚。就這樣虛度了多年光陰，他才總算以「炸醬炒碼麵館」這個直白的店名重起爐灶。

「是因為生意失敗嗎？」

「我爸的實力，你比我更了解吧。」

「還是遇到詐騙了？」

盛夏若無其事地搖搖頭。

把店收掉一定不會是什麼好事吧，所以我也沒繼續問下去了。我的理解是，當某人不說話時，就是不想說的意思。我也很不喜歡別人對我打破沙鍋問到底。

我先去洗手間把手洗乾淨，接著穿上掛在廚房的圍裙，並戴上了頭巾。叔叔給我的那頂廚師帽，活像一坨嚼過的口香糖，我實在沒辦法把它放在自己頭上。最後我想到了頭巾這個好東西。

雖然我的工作只有處理堆積如山的洋蔥、削馬鈴薯皮、將大蒜用攪拌機打碎等雜事；雖然我只是個沒有髮型可言的光頭高中生，但廚房的清潔是再怎麼加強都不嫌多的。

我工作的商店街是一棟五層樓的建築物。一樓有超市、藥局、炸雞店，二樓則是媽媽經營的「智慧工坊」。而K書中心、英語補習班，以及美甲工作室陸續進駐，那裡本來是販賣天然食品和減肥藥的地方。

炸醬炒碼麵館位於三樓。

這間中國餐廳不但開在三樓最深處，還是一個只有五張桌子的狹窄空間，還竟然連外送服務都沒有。叔叔之所以會把中國餐廳開在這個奇爛無比的位置……還會有什麼理由呢？

就是因為押金跟店租便宜啊。

這裡是沙寒，一個離都會區十分遙遠，人口僅二十多萬人的地方。沒有什麼值得推薦的觀光景點或名產，是個乏善可陳的中小型城市。

我是在小學六年級時搬到沙寒的。而我們母子之所以會在六年前搬到這個離都會區超遠的地方……還會有什麼理由呢？

就是因為這裡的房租便宜到跟都會區沒得比啊。

「媽，我們今天上了社會課，聽說郊區房價比都會區便宜，是真的嗎？」

正在製作手工飾品的媽媽臉上寫著：「應該是吧？」

「那房租也會比較便宜吧？」

「可能吧？」

「我們要不要搬家啊？」

「那學校怎麼辦？」

「轉學就好啦，有房租便宜的地方可以住，轉學算什麼？」

年僅十二歲就把房租跟物價掛在嘴邊，不僅早熟，還精打細算的小鬼頭，就是我本人。

就這樣，我和媽在距離都會區十分遙遠的沙寒住了下來。當時，我媽的工作是製作手工飾品在網路上銷售。地下室那間租來的破舊小房間是我們母子的家，是她的工作室；同時也是我的書房，我的全世界。

我媽的主要收入來源是網路銷售，所以我們住在哪裡並不是很重要，因此，我果斷提議搬家。

住在都會區，不代表生活ＣＰ值高；也就是說，並非錢花得多，生活便會富足。現在回想起來，還是覺得崔餘暉這傢伙有夠噁心。

一個小學五年級的十二歲孩子，腦袋裡怎麼會有這種想法？

「先剝這邊的洋蔥嗎？」

叔叔點了點頭，於是我便坐在浴室凳上，剝著洋蔥皮。

此時，正在打掃大廳的盛夏探出頭來，神祕兮兮地笑著。

我一點都不想看到這傢伙的笑容，因為只有在發生非常麻煩的事情時，這小子才會對我笑。也就是說，看見盛夏的笑容，就跟看見玻璃杯在水槽裡摔破一樣，都是不祥的預兆。

盛夏是我在沙寒交到的第一個朋友。

我們常常一起行動，很快就混熟了。我媽一搬過來就開了間工坊——也就是以她自己的名字命名，自我意識飽滿到炸裂的「智慧工坊」。因為我媽的工坊恰好和盛夏他爸的中國餐廳在同一棟建築物裡，我就經常和媽媽一起去吃炸醬麵。

我們國小和國中都上同一間學校，直到升高中才分別去就讀男校和女校。

我懂，我一直都用「傢伙」或「小子」來稱呼她，各位可能會以為她跟我是同性，但這傢伙是一個不折不扣的 XX 染色體女性。

當然，我指的是生物上的女性。我們是極為普通的朋友，要說是一見面就鬥嘴的兄妹也不為過。

「天氣熱死了，好煩喔，我早上大姨媽來，有夠不舒服的。靠北，腰怎麼這麼痛啊？我大姨媽一來就會便祕的說。」

我當然知道，這些絕對不是丟臉或害羞的話題。讓我們繼續看下去吧。

「你知道女生夏天來大姨媽的心情嗎？想像一下，你的重要部位上面一整天都戴著一個厚厚的保險套。光想都覺得很悶、很不舒服吧？」

「好，我知道妳很難過、很累。拜託妳不要再講了。」

我很感激這位朋友，親力親為地為我帶來如此赤裸的性教育，所以我也可以問心無愧地稱呼盛夏為「傢伙」或「小子」。

我剛轉到新學校時，真的很難適應。

但搬家是我自己主動提的，也只能假裝沒事。不過，世界上沒有不欺負新人的地方。就像那時候班上會有幾個男生平白無故來惹我，或是挑釁我。

當時主動向我伸出援手的便是盛夏。

她一直陪在我身邊，似乎毫不在乎同學們的捉弄與嘲笑。於是我們就這樣，形影不離地穿梭在彼此家裡的工坊與中國餐廳之間。

開始打工之後，我們便一起在狹窄的餐廳裡度過每個週末。

雖然炸醬炒碼麵館是她爸開的，但盛夏絕對不是免費勞工。她是個詳細計算時薪、斤斤計較的工讀生。盛夏是個公私分明到很欠揍的傢伙。於公，打工費一分也沒少賺；於私，零用錢還分開算。

由於我跟如此討人厭的傢伙是最親近的朋友，身邊的人總是把我跟盛夏聯想成那種關係，但是很抱歉，完全沒這回事。

我記得很清楚，是國三那年。

當時盛夏在補習班曾有過一段甜蜜的曖昧情愫。她跟那個男的已經進展到快交往了，這段正要萌芽的戀情卻因為一個荒唐的誤會而變了調。

看到這裡，想必大家已經察覺到所謂的誤會是什麼了。沒錯，都是我那莫須有的善意闖的禍。

「你就跟平常一樣罵我髒就好啦，幹麼發神經幫我擦嘴啊，死白目。」

我跟盛夏常因為媽的工坊比較晚關門，或是中國餐廳有團體客人的時候一起吃晚餐。那天我們也像平常一樣，在速食店裡面對面吃著漢堡。

當天的話題是盛夏的曖昧對象，雖然我一點興趣都沒有。

她講得有夠專心，連醬汁沾到嘴脣都沒發現。一般來說，我都會粗暴地飆出「瘋女人」三個字，叫她不要吃得那麼髒。但是面對墜入愛河的朋友閃閃發亮的雙眼，我實在說不出難聽話。

於是我便用餐巾紙幫她擦了嘴。

問題就出在，這一幕被恰好路過的補習班同學目睹了現場直播。

因為這件事，盛夏瞬間被貼上了「漁場管理高手（註2）」的標籤（盛夏說的），而她與那個貴公子般的男孩之間若有似無的微妙關係亦就此破局，而我無辜的小腿也斷了。

我們怎麼否認都沒有用，他們竟然說男女之間不可能有純友誼。

為什麼人人都武斷地相信自己的想法就是事實呢？當盛夏說她在補習班有喜歡的男生時，我可以問心無愧地向上帝發誓，洋蔥表皮中一個細胞都沒有動搖。

不，應該說我反而很開心。因為那傢伙動不動就打來說：「出來啦，好無聊」，而我終於可以不用再接這種電話了。

盛夏那傢伙百分之百跟我想得一樣。

註2　韓文中會用「漁場管理」形容花心多情，想經營多段感情的人。

「啊！一大早就排便順暢，超級爽。積了三天終於拉乾淨了。清麴醬丸果然一服見效啊。」

看她連這些沒人想知道的生活細節都報告得那麼清楚，各位應該也不難理解我的心情吧？有姊姊或妹妹的人都說自己對女性沒什麼幻想，但身為獨生子的我，卻莫名對這句話產生了極大的共鳴。

「叔叔，盛夏那傢伙幹麼笑成這樣啊？讓人家很不舒服耶。」

剛揉完麵的叔叔，漲紅著臉回過頭來。

「這個嘛，早上她媽媽一直唸她房間太亂。她就頂嘴說都怪房間太小，如果她房間夠寬敞，不像現在這樣只有鼻屎大，她一定會好好打掃。然後她就被揍啦。她媽說：『妳的鼻屎要是那麼大，妳早就窒息而死了。』」

叔叔哈哈大笑了起來。而那畫面彷彿在眼前重現一般，讓我也笑了出來。

盛夏的媽媽是個精明能幹，處事明快的人；而叔叔則活得從容，總是說「歡喜就好」。他為人敦厚，會為飢餓的學生端上雙倍的餐點，還曾經免費贈送糖醋肉給點了五碗炸醬麵的客人。

叔叔心胸寬廣，塊頭也大。畢竟要整天揉麵，煮麵，還要游刃有餘地控制大炒鍋，需要的力道可不是一般般。

「可能是因為盛彬吧。」

叔叔的一句話，讓我剝著洋蔥的手停了下來。

聽名字就知道，盛彬是盛夏的親生哥哥。雖然她跟我像真正的兄妹一樣每天吵吵鬧鬧，但她跟親哥哥之間的感情可是甜蜜到我都不好意思看了。

他們兄妹倆的年齡差距確實是比較大。如果只差一兩歲，就沒什麼話好講了；但他們相差十歲，所以既不會激烈爭執，也不會對彼此大小聲。

那個個性機車，滿口髒話的傢伙，在大十歲的哥哥面前便會變成一個可愛的小妹妹。我光是想像就快把三天前吃的營養午餐吐出來了。

盛彬哥聰明、成熟、溫柔，長得也好看。雖然我沒去打聽過，但他應該是這區遠近馳名的「別人家的孩子」吧。

我第一次見到盛彬哥，是小六那年。當時他已經是個二十三歲的成年人。在炸醬炒碼麵館的實際掌權者——阿姨的心目中，晚年生下的小女兒是個小可愛兼小麻煩；而盛彬哥則是她的驕傲和希望。

我偶爾會問他一些數學或英語的問題，而他也總是會仔細地解釋給我聽。

在我眼中，他是一個疼愛妹妹的傻哥哥，也是不折不扣的善良鄰家大哥哥。

「怎麼會突然提起盛彬哥？」我假裝不感興趣，隨口問了句。

正在用鍋子炒著滿鍋洋蔥與馬鈴薯的叔叔便答道：「昨天那孩子有打給我。」

「他跟你講什麼？」

我用餘光偷瞄了叔叔一眼。我已經剝了兩年洋蔥，現在光靠手感就能從容地剝完無數顆。

「先進廚房，把洋蔥跟馬鈴薯的皮去掉。」

當初聽到這句話，我先是暗自冷笑了一聲，心想「哎呀，就只是要我削削蔬菜的皮而已啊？」這個工作實在太簡單了，我甚至不知道該不該拿錢呢。

但是看到廚房那堆積如山的蔬菜時，我只想當場掉頭，逃離那無邊無際的蔬菜地獄。

雖然吃了無數碗炸醬麵與炒碼麵，但我想都沒想到中式料理需要那麼大量的蔬菜。我更不知道，完成一碗炸醬麵前，得翻動多少次那沉重的炒鍋，又需要多強的火力。

剛開始，我流了一整個小時的眼淚，還剝不完半籃洋蔥。馬鈴薯的狀況就更糟了。叔叔動個幾刀，就能把它們削得像剛煮好的水煮蛋一樣光滑，而我就算用削皮刀也削不了幾顆。

在別人眼中，那些工作或許不算什麼，但想削好一顆蔬菜的皮，可是需要具備相關專業知識與技巧的。

拿著炒鍋匡啷啷地翻動一陣後，叔叔說話了。

「盛彬找到工作了。他在電話裡跟我說，已經通過最後一輪面試。」

就在此時，切著洋蔥的刀滑落了。

當我發出「啊」的聲音時，手背上已經開始冒出一顆顆血滴了。

「或許盛夏那孩子是因為哥哥找到工作……」

看到我緊抓著手背的畫面，叔叔瞪大了雙眼。

「怎麼了？你受傷啦？我不是跟你說過，拿刀子一定要小心嘛。當你以為自己很熟練、不會出問題而掉以輕心的時候，反而容易出事。盛夏，妳在外面嗎？」

沒錯，看來我是掉以輕心了。好希望時間過得快一點。

但是，叔叔說得對，應該是我太大意了。

「幹麼啦？害我不能去上廁所。有便意一定要馬上蹲耶。」

盛夏把頭探進廚房，發起了牢騷。

「這孩子好像受傷了。把架子上的醫藥箱拿過來。」

我抬頭看向傻傻地噘著嘴的盛夏。這就是妳對我微笑的理由嗎？因為妳哥哥找到工作了？所以，妳現在開心得要命？

「你要小心一點啊。」

盛夏轉身走向了架子。

我到底該小心什麼啊？我完全不知道在這種情況下該怎麼做？

你真的是來看我的嗎？

沙寒是個小城市。

栗子製成的糕點雖然被行銷為本地特產，但人們大多是自營業者，或者會前往更大的城市，以及大型工業區附近的城鎮工作。我國最大的食品工廠，以及規模傲視全韓國的公立大學都坐落於此。

盛夏的哥哥正是那所學校畢業的。

「我不是很確定，但他好像是要去做工廠品管。他說如果在那邊表現得好，就有機會被派到首爾總公司喔。話說回來，現在誰還找得到大企業正職工作啊？正取五人，應徵人數卻多達四百個。

「聽說第一輪書面審核選出五十人，第二輪面試選出二十人，第三輪最後面試，我哥就進了『五人名單』，這根本就是奇蹟吧？而且那邊的福利不是普通得好，合作廠商很多耶，我們應該可以拿員工家屬折扣吧？」

盛夏一邊把ＯＫ繃貼在我的手背上，一邊碎念個不停。

但盛彬哥找到工作的事讓我一則以喜，一則以憂。他居然在一間連首爾大、高麗大、延世大出身的「天選之人」都進不去的大企業當正職員工。

我是知道他既成熟而又聰明，但沒想到他厲害到這種程度。

「崔餘暉。」
盛夏揚起了半邊嘴角。
「以後我們的關係會有什麼變化啊？我哥已經找到工作，現在是堂堂正正的社會人士了，那正式交往的事……」
「妳不要鬧喔。」
我抽回了自己的手。
我們的關係還能有什麼變化，想也知道是當一輩子朋友當到膩吧？真受不了她，希望她講話可以有邏輯一點。他怎麼能跟我們家崔智慧小姐……
「藥擦好了就通通給我去工作！」
叔叔在廚房裡大吼著。我站起來，轉過身去。
是怎樣？現在不是空前嚴重的失業潮嗎？經濟不是已經低迷到穿越地心了嗎？他怎麼可能在一年內就在大企業就職呢？想著想著，我不禁嘆了口氣。
哎唷，怎麼可能啦。他們兩個之間該不會真的會發生那種事吧？
還不到十二點，外場便已高朋滿座。客人大多是點炸醬麵和炒碼麵，所以翻桌率很高。

這年頭，只要對料理的口味有信心，就算餐廳開在窮鄉僻壤，顧客也會蜂擁而至。人們並不會排斥花點力氣，爬樓梯上來吃一碗炸醬麵。

說真的，這家店只要提供外送服務，營業額就能增加一倍以上，但他們竟然只願意外送給商店街的人——也就是說，他們徹底拒絕外送到走路到不了的地方。

一個堅信只要好吃，顧客就願意走到三樓最偏僻的餐廳；另一個則充滿自信，認為只要有能力，不管畢業於任何學校或科系都能被大企業錄取。

這兩個人的想法根本一模一樣吧？果然是有其父必有其子。

「你今天怎麼這麼心不在焉？一樓藥局點了兩碗炸醬麵耶，還不趕快送過去？」

「啊……我馬上去。」

我把叔叔遞過來的炸醬麵放在托盤上。

這家店沒有外送服務，自然也沒有中國餐廳的招牌鐵皮箱。我拿著托盤，急忙跑下樓梯。要是繼續等著那臺一下樓就要半天才能回來的電梯，炸醬麵就真的會變成炸醬糕了。

火速把餐點送到藥局後，我便大步爬樓梯飛奔上樓。

現在廚房和外場一定跟打仗一樣，但我的雙腿卻任性地駐足在二樓。

沒關係，只花一分鐘而已。

我急忙朝媽媽的工坊奔去。雖然再跑也只有幾步路的距離。

智慧工坊除了販賣手工飾品，還有開設單日課程，任何人都可以報名參加，親手為自己製作飾品。

媽媽的手工飾品種類繁多，但絕對不會大量販售同一款商品。她會更改顏色或造型，在設計上做一些小變化。販售不撞款的獨特設計便是她的經營策略。另外，除了現成的商品，她也持續在開發可以讓客人親自動手做的ＤＩＹ產品。

由於工坊的性質使然，大部分顧客都是女性，但仍不時有男性造訪，搖響玻璃門上的風鈴。他們通常會一臉羞赧地打開大門，只為了在特殊的日子親手製作飾品送給配偶、女友或其他重要的人。

不管手巧不巧，每個人都非常珍惜自己親手打造的飾品。生活不也是如此嗎？不管過得好不好，都得為自己負責。

「如果媽媽當初沒有選擇生下我，她現在的人生會不會比較順利？」

我偶爾會被這種想法困住。

玻璃牆另一頭的媽媽，正在埋頭苦幹。有人說過，要分辨一個人活了多少年華，得看手，而不是看臉。再怎麼娃娃臉，雙手終究會暴露年齡。因為它會忠實反映出媽所經歷的歲月。

看到她指尖堅硬的老繭和滿手的傷痕你就會明白了。

她說，當年用拙劣的刀工做副食品給年幼的兒子時，經常被刀割傷，或是被滾燙的油灼傷，而那些傷疤都原封不動地留在媽的手背上。

跟我年紀相仿的那些朋友……不用捨近求遠，光看盛夏就知道了，她有多野蠻，多冒失啊。而當時的我媽，年紀比她還小，是個與「母親」二字搭不上邊的十多歲少女。

她曾經是一個會和朋友一起吃零食、崇拜明星，為一道試題又哭又笑的少女。卻在成年之前一夜之間當了媽。

常人很難想像那會是怎樣的生活。

一推開玻璃門，風鈴便響了起來。媽媽抬起頭看向我。

「我沒叫炸醬麵啊。」

「三明治吃了沒？」

去餐廳上班之前，我做了一個三明治給媽吃。

先將水煮蛋搗碎，再加入鹽、胡椒、美乃滋，以及少許芥末醬調味。接著把火腿和起司鋪在烤得微焦的麵包上，再放上雞蛋就完成了。這種三明治可能略嫌油膩，但卻和媽最愛的美式咖啡很搭。

「嗯，吃了。」

「兩片都吃了？」

「還剩一片，你要吃嗎？」

我什麼都吃，但媽食量卻很小。她的胃小到連兩片三明治都吃不完，難怪看起來那麼虛弱。我連媽吃不完的食物都能吃個精光，所以肉全都長在我身上。

奇怪的是，總覺得我長得越大隻，媽就越來越瘦小。

其實，她的食量小，是源自於長期節食的習慣。她節食並不是為了健康，而是那段必須吃得非常少才能維持生計的時間，比想像中還要長。

現在的生活雖然不富裕，但也沒有窮到必須克制食慾的地步，想吃什麼其實都能盡情地吃。然而，任何山珍海味都無法再提振起她那小到不能再小的胃口。

看到她連兩塊三明治都沒辦法消化，我下意識地焦躁了起來。

「那你吃了嗎？」

「幹麼煩惱一個在餐廳上班的人有沒有吃飯啊？」

我會一大早準備三明治，都是因為我媽那毫無誠意的飲食習慣。以營養學的角度來看，雞蛋三明治應該比杯麵來得好吧。我做得那麼辛苦，真希望她能多吃點。

「現在店裡不是很忙嗎？幹麼突然跑來發牢騷啊？」

其實，我在店裡正忙的時候跑來，並不是為了這件事。

「媽，我跟妳說。」

媽瞪了我一眼，臉上寫著「你想怎樣？」幾個字。無聲地抱怨著我專程跑來碎碎念的行為。

我緊緊抓著手中的托盤。

「那個……」

「那個什麼啦？」

就在此時，媽放在桌上的手機響了。

「唉呀，你最近好不好啊？我正想打電話給你耶。」

聽他們討論著寶石和顏色，電話那頭的想必是飾品配件店的老闆。我一語不發地離開了工坊，匡啷啷的風鈴聲在我耳邊迴盪了好一陣子。

輕鬆通過考試的事跟他愚蠢的性格真的毫無關係嗎？已經五年了。當初那個一臉青澀的男人，已經像向日葵般死守著一個女人五年了。

他真是個愚蠢到近乎死腦筋的人。

話說回來，外送時間拖得太長，瞬間就超過一分鐘了。盛夏那傢伙碎念「藥局在地下二十樓是不是？」的畫面閃過我眼前。這促使我奮力跑上樓梯。

真是一段如颶風過境般的時光啊。

外場源源不斷的訂單與門外等待的客人把我搞得暈頭轉向。我從廚房跑到外場，又從外場跑到商場的各個角落。值得慶幸的是，這份忙碌趕跑了腦海中的雜念。與此同時，仍不時有人打電話來詢問是否能外送到附近的社區。

每當遇到這種事，盛夏就會用親切的聲音與完全不親切的表情，親自把其他提供外送服務的中國餐廳電話號碼告訴對方。

「他真的很執著耶。我已經跟他講過很多次我們不做外送了，他居然說沒外送就不要做生意。拜託，我們是有騙他還是怎樣嗎？我差點要飆髒話了，真是的。」

現在炸醬炒碼麵館在這區可說是無人不知無人不曉，對方應該是想嘗嘗看，卻懶得親自來一趟，又以為我們一定可以外送吧。奈何事與願違，他也只能撂出「不能這樣做生意」的話來找麻煩。

「中國餐廳不做外送是什麼滔天大罪嗎？說真的，不做外送的店很多好不好。」

盛夏的抱怨逗得叔叔哈哈大笑。

「那些店家要不就是規模很大，要不就是非常有特色。像我們這種隨處可見的普通中國餐廳，任誰都會覺得我們有做外送。」

「哇，太可笑了。誰規定隨處可見的中國餐廳就一定要做外送啊？」

「還有人靠北我們提供的菜色太少咧。」

盛夏大力地點點頭表示同意。

其實，叫中國餐廳外送的人，點的大多都是炸醬麵、炒碼麵、糖醋肉這種菜色。近期雖然有各種不同的中式料理在電視上曝光，但也不會超出這個範圍太遠。

即便如此，有些客人還是非要點烏龍麵、海鮮麵、雜菜蓋飯這些東西。我實在不懂為什麼。我們都已經把那麼大一張菜單掛在牆壁上了。

不過，點烏龍麵的已經算是大善人了。因為偶爾還會有人酸溜溜地問我們，為什麼沒有賣辣子雞、溜三絲、八寶菜這些料理，是不是主廚不會做這些菜。

他們明明大可去找一個吃得到這些東西的地方啊。

在商店裡工作，似乎就是會遇到各式各樣的怪咖。

轉眼間已經三點多，斷斷續續上門的顧客也漸漸沒了蹤影。

「你餓了吧？要不要幫你弄點吃的？要吃炸醬麵、炒碼麵，還是炒飯？」

叔叔一讀起這些菜名，盛夏便皺起了眉頭。

「聞了一整天的油煙味我都膩了，我想去小吃店吃炒年糕。」

身為中國餐廳老闆的女兒，她從小就在這個環境長大。即便是深受全韓國人喜愛的炸醬麵跟炒碼麵，她應該也早就吃到不想再吃了吧。

「那我們要不要出去吃啊？我也想吃碗辣辣的泡菜鍋。」

廚房裡有超多麵團和炸醬，叔叔和盛夏根本不知道錢的可怕之處。

這陣子麵粉和菜價已經大暴漲了啊。現在的我，除了擔心崔智慧小姐工坊的利潤以外，還得煩惱炸醬炒碼麵館的生意。

崔餘暉十八歲的人生，還真是不平靜啊。

「我只是……」

此時，店門嘎吱一聲打開了。

「歡迎光臨。」

盛夏一回頭，便看見一張熟悉的臉尷尬地笑著。

盛夏眨了眨眼睛，視線反覆交替投向我與那傢伙，臉上寫著：「他就是當時那個人吧？」

「你來幹麼？你怎麼知道我在這裡？」我用圍裙擦了擦手後，便匆匆離開了廚房說道。

「你不是說你週末會在這邊上班嗎？我只是來碰碰運氣，想說這個時間應該不會有客人。」

東宇尷尬地搔了搔後腦勺，接著瞥了盛夏一眼。

我轉身朝廚房喊道：「叔叔，兩碗炸醬麵。這傢伙會付錢。」

叔叔笑著把麵糰放進了製麵機裡。

◇

最後，叔叔和盛夏還是出去吃午餐了。

我問他們，萬一這段時間裡有客人來該怎麼辦，這兩個人都說放寬心，請他們回去就好。看著他們父女離去的背影，我不禁想起了叔叔說過的話。

「我之前賺了很多錢，只要再撈一點說不定就能蓋大樓了。不過，錢這種東西一點用都沒有。我曾經很熱中於賺錢，但有一天我突然覺得這一切都沒有意義了，也搞不懂人幹麼活得這麼辛苦。我很滿意現在的生活，錢賺得夠用就好；賺到不用向人低頭就好。你知道這樣有多自在嗎？」

沒有遇到詐騙，也沒有生意失敗，為什麼要突然把營運狀況良好的餐廳收掉，搬到這麼偏遠的地方呢？總覺得大家看起來雲淡風輕，內心深處卻都有不足為外人道的故事，就像是隱形的傷疤一樣。

「你真的是來看我的嗎？」

我吸了一大口炸醬麵。

我可不是隨口說說，叔叔的炸醬麵真的怎麼吃都吃不膩。每個週末都吃這種等級的炸醬麵，就連以不挑食著稱的我，難免都對學校端出來當特餐的炸醬麵興趣缺缺啊。

「我只是路過的時候，剛好想起你之前說過的話。」

吃下炸醬麵的東宇瞪大了雙眼。我用表情告訴他：「沒錯，它就是這麼好吃，所以每到午餐時間，就會有人排隊等著吃啊。很猛吧？」

那傢伙點了點頭。

其實我和班上同學並不是很熟。

我每週有兩天要補英文，另外三天要補數學，下課之後就要馬上回家做晚餐或接媽媽。雖然偶爾也會跟幾個同學去網咖，但我就是不想把精力耗費在螢幕裡的虛擬人物上，總覺得這是在浪費時間。

後來，我就完全不碰線上遊戲了。

大家都覺得我對自己太嚴格，但「青少年一定會熱愛線上遊戲」難道不是個明顯的泛化誤差嗎？我不是對自己嚴格，只是遊戲不適合我而已。「韓國青少年＝線上遊戲」這個公式太單純了。這世界上顯然有個十八歲少年寧可把打遊戲的時間拿來做家事啊。

我媽晾在晒衣架上的衣服總是皺巴巴的。

我明明已經講過好幾次，衣服要先用力抖一抖才能晒，但她老是隨便弄弄。只要晒衣服的時候多用點心，就不用每件都燙啦。

把家事交給媽，我的事情反而更多，這就是問題所在。

「我之前都不知道這種地方有中國餐廳耶。」東宇邊說邊環視著外場。

在學校和其他同學沒什麼交集的我，和這個臉白得跟年糕一樣的傢伙，是在剛升高二的時候混熟的。

只有男人的地方，每個學期初都會有一場幼稚的氣場之爭。

雖然不至於像三流黑幫電影一樣愚蠢地逞凶鬥狠，但大家還是會想盡辦法不讓別人覺得自己好欺負。即便如此，還是會有幾個沒水準的傢伙會無緣無故騷擾那些看起來比自己弱的同學。

這種狀況，跟我剛轉來的時候遭遇的欺生事件並無二致。

我看著大口嚼食炸醬麵的東宇。

這傢伙話很少，非常安靜。他沒有熟識的朋友，過著若隱若現的透明人生活，連營養午餐都一個人吃。當然，我也沒注意到有他這個人。而問題就出在某天我去合作社買飲料的時候。

當時有一陣粗俗的辱罵聲從某處傳來，我下意識地回過頭去，恰好看見被數個小混混包圍的東宇。

「你不是說沒錢嗎？你剛剛花了韓元一萬塊買飲料耶。不想借就直說啊，幹麼騙人，小氣巴拉。」

我想起了剛剛某人在教室跟東宇借錢的畫面。

就是有這麼沒水準的混蛋。借錢也非得跟看起來好欺負的同學借。講好聽是借錢，其實還不就是勒索。

「我有說我沒錢嗎？我是說我沒錢借你吧。」

即使被小混混包圍，東宇也絲毫沒有畏懼。那一幕，立刻吸引了我的目光。有些人臉上已經寫著「這傢伙死定了」，但我總覺得東宇應該有什麼祕密武器。不相信？應該會有吧。但在電影或武俠小說中，武林高手或平定江湖的英雄，都是那個看起來平凡到近乎軟弱的人啊。

我內心幻想著，要是那個皮膚白皙、身材瘦弱的傢伙能帥氣地把那些小混混撂倒，就真的太酷了。而且我相信東宇一定擁有那種力量。

因為那傢伙無畏無懼的雙眸，是這麼說的——別惹我，你們都會死。

隱遁的高手要回歸了嗎？正當所有人都在關注事態發展時，東宇……東宇被狠狠摧殘了。

他被踹得像是片疲軟無力的落葉一般。由於被輾壓的態勢太嚴重，平時對別人的閒事連鼻屎大的興趣都沒有的我，都忍不住插手了。

「喂，他又沒說錯。他有說他沒錢嗎？他是說他說沒錢借你吧。」

我完全不會打架。因為我從來沒有好好打過一次架。

我是從讀國中時才開始抽高的。十三歲剛轉學過來的時候，我還瘦弱到必須四處躲避那些來找我麻煩的人。

但此一時也，彼一時也，升上國中之後，我一天長得比一天高。拜這身高所賜，我也開始萌生了「膽識」這種東西，甚至是「有種來弄我啊」的執拗。

畢竟少了這些，我跟媽是沒辦法在這個不文明的俗世中生存的。

「你誰啊？幹麼插手？」

我咬緊了牙關。

「我是他朋友。怎樣？換作是你們能眼睜睜看著朋友被揍嗎？」

「笑死人了！你哪時候跟他混熟的？」

「就現在，可以嗎？」

幸好，我們並沒有當場拳腳相向。彼時上課鐘聲恰好響起，而且，那些沒水準的混蛋只要看到對方似乎比自己高大，就會夾著尾巴逃跑。

我目送著那群小混混遠去，同時扶起倒在地上的東宇。仔細想想，有膽識的不是我，而是這個瘦弱的傢伙啊。

我當時覺得，這應該就是所謂的「死也要像個男人」吧。

東宇的嘴角染上了鮮血。

「沒事吧？你嘴唇都裂了耶，應該要去保健室吧？」

這傢伙擦了擦嘴脣，目不轉睛地盯著我。

「不需要，我不痛。」

有句話說「男人就算死也要裝」，沒想到他就是這一掛的。

總而言之，這件事讓我們迅速拉近了距離。我和東宇會一起吃營養午餐，偶爾還會順道去操場晒晒太陽。

但我完全沒想到他會跑來我打工的地方。

「你來我們這區幹麼？」

沙寒所謂的熱門打卡點就是長途客運站。那裡有最大的購物中心，還有電影院。首爾多到要吐的連鎖咖啡廳跟大型書店，也都集中在與客運站共構的購物中心裡。

因此每到週末，所有人都會湧入客運站。要玩也應該去熱鬧的長途客運站吧，沒必要跑來我們這區啊。

「我偶爾會來這裡走走。」

「來這裡幹麼？」

「來喝咖啡。」

我夾著醃蘿蔔的筷子停在半空中。

他來這裡就只是為了喝杯咖啡？沒別的事？

幾天前，我也在我家附近遇到過東宇。那天已是深夜，補習班早就下課，風也大得嚇人。當時，盛夏一樣如影隨形地跟在我身邊。

她自己想吃炒年糕，又嫌分量太大一個人吃不完，要我跟她一起吃。但她又堅持要各付一半，這個條件實在是太不合理了。

不過話是這麼說，要是不聽她的，我八成又得承受「你這不講義氣的傢伙」或「你肚子餓的時候就不要打給我」等魔音穿腦式的疲勞轟炸。

想到這裡，我便乖乖套上了球鞋。

「我偶爾會看到你路過這邊。從高一的時候開始。」我應該是這麼說的吧。

那天，是我先叫住東宇的。

我問他怎麼會來這裡，他卻只用淺淺的笑來回答我。我一度以為他去了附近新開的網咖，因為那裡正在舉行開幕大特價活動。

雖然我們在學校常混在一起，但我和東宇還稱不上是非常熟。我們倆都不會去聊自己的私事，而這樣的相處模式反而讓我比較自在。畢竟一旦跟同學走得太近，就自然得談及私生活。

這樣的步驟，已漸漸讓我疲於應付。

那天，東宇用微妙的眼神瞄了盛夏一眼。

「她是誰？」

「朋友。」

聽了我的回答後，那傢伙留下一抹神祕的微笑，轉身離去。

我以為事情就這樣結束了。但是第二天，東宇一看到我，就開始打聽盛夏的事。

「她是你女朋友喔？」

這個問題的答案永遠都不會變，但我又不方便形容一個女人是「跟我穿一條褲子長大的朋友」，所以——

「她是個每天早上都會向我報告排便狀況的女性友人，充其量就只是個有XX染色體的傢伙。懂了嗎？」

而即便我用這種充滿感情的表現方式介紹了盛夏，東宇還是忍不住狂笑，一副不相信的樣子。他信不信，都不關我的事。要把我跟盛夏放在什麼框架裡或歸在哪個類別裡，是每個人的自由。

後來，東宇一反常態地不斷提問。回過神來時，我已經把自己週末在中國餐廳打工的事都告訴他了。我不太記得當時是否有把詳細地點一併說出來，但我總覺得自己是被東宇的誘導性提問給控制了。

「這裡離你住的社區有點遠耶。你怎麼會跑來這裡喝咖啡？你家附近沒有咖啡廳嗎？那家店的咖啡一定很棒吧？你是咖啡控嗎？」

東宇這個人，比較特別一點。他絕口不提自己的事。他的話題只有電影、書籍，或是學業、考題。

我就是欣賞他這點。他是個不輕易談論自己的人，也不會隨便對他人提問。我覺得東宇安靜沉穩的性格跟我很契合。

「我只是跟那間咖啡廳老闆比較熟。」

「認識的？」

「是認識了。」

那傢伙的其中一個習慣就是說話拐彎抹角。

他雖然有死腦筋的一面，個性卻很從容。世界上不可能有百分之百契合自己心意的人。我對東宇來說，想必也是這樣的朋友。

或許我無心的話語或不經意的行為，也常讓他感到不舒服吧。

「你喜歡年紀大的女生嗎？那家咖啡廳叫什麼？」

東宇目不轉睛地盯著我看。

其實，東宇的眼睛不太黑，比較接近深褐。他的皮膚白到沒有血色，乾淨到近乎無瑕。我一度懷疑他是混血兒，但那傢伙某天拿了全家福照片給我看，裡頭只有一對平凡的中年夫婦對鏡頭燦笑著。

此外，與東宇有些神似，氣質卻稍有不同的哥哥也站在一旁。

「我體內的黑色素應該比別人少吧。」

「只要不會影響到健康，比別人白也不錯啊。」

他還算不上是一般人所熟知的白化症。不過，他確實有一種奇妙的氣質。在我們混熟之前，我只覺得他是個臉色蒼白的傢伙。

「你不是沒在喝咖啡嗎？怎麼，你想知道地點喔？」

他是跑去咖啡廳吃飯嗎？現在便利商店的咖啡也滿好喝的吧。

「話說回來，老闆可以隨便離開店裡嗎？」東宇遙望著空蕩蕩的廚房問道。

老闆本來就對錢既不關心，又沒興趣，所以客人一走，他就逃離廚房了。他們父女倆現在應該正享用著豐盛的午餐，根本不在乎有沒有客人上門吧。

不過，要是被這裡真正的老闆知道，她八成又要唸了。

我總算明白當阿姨說她週末要去其他餐廳上班時，叔叔為什麼會乖乖點頭了。英國研究指出，這不單單是因為薪水高啊。

「但你有駕照嗎？你該不會是無照駕駛吧？」

我剛剛應該說過吧？當你說自己在中國餐廳工作，十個人有十個以為是做外送。

就像是有人問「How are you today?」時，就算你已經命在旦夕，還是會大聲回答「I'm fine, thank you. And you?」。

畢竟一提到中國餐廳，就會自然而然地聯想到鐵皮箱和摩托車啊。

「這邊不做外送。我只是個廚房助理。」

「中國餐廳不做外送，生意會好嗎？」

我本來想說「就是因為生意好，才會請週末工讀生啊，白痴喔」，但最後也只是嚼嚼醃蘿蔔而已。

「你可不要看這邊炸醬麵好吃就跑過來喔。午餐時間可是要排隊的。」

「我想也是。」

看來這傢伙也認可了叔叔的炸醬麵。

世界上沒有什麼比人們的口味更分歧；卻也沒有什麼比人們熱中追尋美食的能力更相近。

「所以你才會戴頭巾喔？」

我一臉厭世地抓了抓頭巾。這好像是我第一次在週末見到東宇。

週末打工的事情我們在學期剛開始就聊過了，當他問起我做的是什麼工作時，我也只是吞吞吐吐地說沒什麼特別的，而這傢伙也沒再過問。直到前幾天談到盛夏的時候，提起了在中國餐廳打工的事，他才表現出詭異的好奇心。

我跟東宇之間，除了打聽考試範圍還會做些什麼呢？

我們會在通訊軟體上簡短地聊天，但從不曾另外約時間在週末見面。我們兩個住的地方是反方向，要剛好遇到也不容易。

總覺得這傢伙穿便服的樣子看起來好陌生。

「不要笑我啦。跟奇怪的廚師帽比起來，戴頭巾好一百倍。」

「我哪有笑你？」

東宇微微一笑。

「你戴頭巾，比想像中好看。」

「你在開什麼玩笑啦？」

那傢伙噗哧一笑。

我突然驚覺，原來這樣也能捉弄到人哪，但是這並不重要。就是因為夠搞笑，他才會笑嘛。

東宇揚起白皙的頸子喝著水。

喀。

他放下杯子的聲音喚醒了恍惚的我。

你比我更清楚啊

那傢伙可是親自來我工作的地方找我耶。

雖然我大喊著炸醬麵錢東宇會付，但也只是開開玩笑而已。即便我是個被資本主義汙染到連骨頭都發黃的勢利鬼，滿腦子都是工坊租金和每月生活費，也沒小氣到不能請朋友吃碗炸醬麵。

「我只是講講而已啦。」

「收下。」

他堅持把那張韓元一萬元的鈔票遞給我。

「喂，我才沒有連碗炸醬麵都⋯⋯」

「你這樣我下次就不敢來了。」

東宇邊說邊往玻璃門外張望著。

「我想時不時晃過來找你，吃碗好吃到哭的炸醬麵啊。」

那傢伙收下找錢後才離開餐廳。總之，他就是個難懂的人。

我回到廚房，開始清洗堆在水槽裡的碗。

媽應該正在上課吧，工坊的週末課程通常會安排在下午三點之後。平日則是為家庭主婦開設的上午班；以及為上班族開設的晚上班。從簡短的兩小時課程到專業課程都有，費用與學習方式也都不一樣。

第一次造訪工坊的人，有些會愛管閒事地問她：「老師，妳有男朋友嗎？」

「當然有啊。我超愛我男朋友的。」

但沒有人發現，媽所謂的男朋友便是她十八歲的兒子。

課程進行得比較晚時，我偶爾會去接我媽。從工坊走到公寓僅十分鐘的腳程，但要在夜間出個意外已經很充裕了。

當我大搖大擺地晃進工坊時，媽都會開心地對我喊道：「兒子，你來啦？」看見這一幕後，有幾個學生掩不住心中的驚訝，當場面面相覷。我努力假裝自己沒發現他們眼神裡滿溢的疑懼。

有人以為我媽是繼母，但我那張跟媽一個模子刻出來的臉，馬上就讓他們打消了這個念頭。

那個服裝店店員沒說嗎？我跟我媽長得一模一樣喔。

不管別人怎麼說，我都是媽的兒子。

問題就出在媽還沒來得及上大學，便在高中畢業前生下了我這件事。

她就是常在報紙社會版和新聞電視頻道上，在「**她們是否適合獨自承擔責**

任？」之類的標題之下，被介紹的未成年未婚媽媽，而我便是她的親生兒子。

但是，我從來不想知道父親的事。他並不是被孩子們親暱呼喊的「爸爸」，只是百分之百生物學關係上的「父親」。

我從來沒有親口說過「爸爸」這個詞彙。

這並不是因為顧慮到媽的感受，而是我真的不想問。小時候我不小心翻到一本舊筆記簿，裡頭寫著媽住在未婚媽媽庇護所時的日記。

終於做好寶寶的上衣了，我還順便做了安撫娃娃和手套。資助庇護所的人寄了寶寶的用品來，附近終身學習中心的工藝老師們也有來做義工。

他們通常是教我們製作新生兒用品與育兒必需品，但今天的老師有點不一樣。

「我們今天要來做一些對新生兒會有些危險的東西。」

老師的一句話，讓我和其他準媽媽都瞪大了眼睛。

怎麼會去製作危及新生兒的東西呢？然而，當教官拿出那些美麗至極的飾品時，我們都不禁驚呼連連。

「這些東西大部分都比較尖銳，要是被寶寶放到嘴巴裡就糟糕囉。」

老師說得對，這些手工飾品看起來對寶寶十分危險。胸針上鑲嵌著別針，頭飾也全都是尖銳的。但就是這樣才漂亮啊。我都快忘了，上次觸摸這些閃閃發亮的東西是什麼時候呢？

「世界也是如此。它並不會永遠溫暖地包容寶寶。不過，絕對不要喪氣。因為各位都是最閃閃發亮的人。」

我們向彼此炫耀著自己親手做的髮飾與胸針，並將那些閃閃發亮的東西掛在對方的頭上和胸前。

我們約好不要害怕，也毋需喪氣，要重新讓自己發光，創造閃亮的人生。

母親那如寶石般璀璨的約定，很快就撞上了生計這道硬牆。

年僅十七歲的少女帶著一個寶寶，根本什麼事都做不了。剛出生的嬰兒每兩個小時就要餵一次奶，所以連廚房洗碗的工作都沒辦法做。然而她為了保護孩子，也早已跟家人斷絕關係了。

那一刻，媽突然想起了她在庇護所製作的手工飾品。接著，她撥打了老師名片上的電話號碼。聊了幾句後，她用庇護所補助的少許金錢購買了材料，開始自己製作飾品。

寄了幾個樣本給導師後，對方的評價比想像中好很多。一開始是以現貨面交的形式販售。後來，她架設網站，把作品逐一上傳，顧客的反應十分熱烈。不斷有人詢問是否可立刻購買，匯款後是否能夠馬上出貨。

於是，媽的手工飾品網路銷售便就此展開。

凌晨時分，媽總是背著我在飾品零件市場裡穿梭。她背著幼子，斤斤計較地與商家講價的畫面彷彿就在眼前。

每個人都會跟媽說這句話：「孩子生孩子；孩子養孩子。」

時光飛逝，那孩子現在已經三十多歲；她背上的孩子，也已經是個十八歲的長腿高中生了。

我還記得是國小三年級那年。有一天，我正和朋友一起玩，他媽媽買完菜後慢慢地朝我們走近，示意他該回家了。朋友朝我揮了揮手後，就跟媽媽一起轉身離開了。

此時，有個男人從遠處跑過來，把朋友媽媽手上的菜籃給接了過去。不用問也知道那個人是誰。他就是那傢伙剛下班的父親。

我一如往常地想起了媽。

如果媽提著重物的時候，也有人能幫她一把那該有多好。對我媽來說，沉重的負擔和困難麻煩的問題，全都是她一個人的責任。疲憊的時候，沒有一個人能陪在她身邊，她擁有的只有軟弱無力的我。

奈何當時的我，什麼都沒辦法為她做。

我從來不曾渴望擁有父親。

就算沒有這樣的存在，我和媽的生活也沒有任何問題。我們一直都像吵吵鬧鬧的姊弟、像世界上最親密的朋友。時間越久，我們的情誼也越深厚，甚至偶爾還有角色互換的狀況。

老實說，母親與兒子的關係並不是交通規則，沒必要堅守某種固定的角色吧。

雖然我沒有最新的玩具，也沒辦法騎腳踏車、玩滑板，但我並不在乎。和媽一起煮碗即食炸醬麵來吃就很幸福；假日牽著媽媽的手在飾品零件市場閒晃也很開心。

我絕對不是貪圖商家給的零用錢跟點心，絕對不是。

然而，當媽生病或是為經濟問題而苦的時候，年幼的我就會十分擔憂。我好希望有個人能送媽去醫院，陪伴在她身邊，讓她不再受苦。

那個願望還是現在進行式。

我依然希望有個人會以「媽媽的男人」身分，而不是我父親的身分出現。當然，絕對不是媽她想談戀愛或結婚。

從我出生到現在，她的一天就像是有四十八小時一樣。

對崔智慧小姐來說，或許連寂寞都是種奢侈。所以我更加希望，媽能在變老之前，擁有一段暖心的感情。

「啊！泡菜鍋又香又辣真好吃。這已經不是普通小吃店了，根本可以稱之為泡菜鍋專賣店吧。」叔叔邊走進門邊說道。

但是，應該要和他一起出現的盛夏卻不見人影。八成又去那家她常去的便利商店買咖啡喝了。畢竟她的口味跟客人的口味一樣（或許是更加）敏感哪。

「你同學回去啦？」

「對啊。」

叔叔走進了廚房，將圍裙圍在腰間。

「我把炸醬麵的錢放在收銀機裡了。」

聽了這句話，叔叔馬上轉過身來。

「你這小鬼，我難道連碗炸醬麵都不能請你同學吃嗎？同學要給你錢，你就乖乖收下啦？」

當然，我原本並不打算收他的錢。但我也不想讓他吃免費的炸醬麵。因為我寧可死也不想麻煩別人。東宇那份是我出的。

叔叔說得沒錯，朋友親自造訪，請他吃碗麵是十分合理的。

「你在這裡工作快兩年了，今天還是第一次有朋友來找你呢，不是嗎？」

有些人知道我週末在打工，不過他們並不知道我確切的工作內容。我已經不小心告訴東宇了，要是他再告訴其他人，他們搞不好會一窩蜂衝過來，期待我招待他們一些有的沒的。

學校裡這種人最多了。就是只有需要的時候才在裝熟的自私鬼。

「你們好像很熟喔？」

我用一個模稜兩可的表情拖延了回答時間。

我確實與東宇走得很近，但也算不上很熟。至少，那傢伙絕對不會每天早上告訴我他排便順暢的事。

「弄得差不多就先回去吧。」

晚餐時間還要開店，但不會像午餐時間那麼忙。炸醬已經做好，海鮮和麵團也都處理完畢了。客人一進門，就能立即上菜。

由於中餐的性質，客人多半都會集中在午餐時間。有時候，晚上也會突然有大批客人光顧，這個時候……

「突然有一堆客人進來，你趕快來店裡。五分鐘之內不出現我就炸飛你。」

盛夏總是會這樣，鄭重地拜託我晚上過來支援。

但我碗都洗好了，也沒看到她人。買杯咖啡需要花這麼長時間嗎？

我看著門口詢問叔叔：「盛夏怎麼還沒回來？」

叔叔一臉無奈地冷笑著。

「那傢伙在哥哥錄取之後，馬上跟他說：『哥，我一直都很挺你，你懂吼。』結果是先把自己需要的東西列出來。她現在應該在和盛彬聊天吧。」

ＯＫ繃還黏在手背上。現在的ＯＫ繃黏性到底有多強？即便被水沾溼也完全沒有要脫落的意思。我已經黏了好幾個小時，它依然不動如山。

我神經兮兮地撕下OK繃，露出了泛紅的傷口。

「快進來。要不要我打包一份炒飯，給你帶回去晚上吃？」

「不用了。」

「你這小子什麼都好，就是分得太清楚了。偶爾也得發發牢騷，耍耍小聰明啊，但你身上一點破綻都沒有，這也太討人厭了吧。偶爾耍耍賴，跟大人敲敲竹槓才會得人疼啊，小鬼。」

叔叔說的都是事實。我這個人就是分得很清楚。

除了時薪之外，叔叔有時候還會多給我一點獎金，這就意味著那個月生意特別好。但我們已經講好，無論生意好不好都只在工作時間內上班。如果生意好，工資就能多拿一點，那生意不好的時候，他是不是就可以減我的薪水呢？

我分得很清楚，叔叔卻不來這套，總是糊裡糊塗的。

我都還是會把正確時薪以外的所有錢都放進收銀機。我只想拿自己應得的，一分不多，一分不少。我不想接受多餘的善意，也不想對他人造成任何困擾。我只想低調過日子，不要引起別人注意。

因為，即便我犯了和他人一樣的錯誤，外界看我的眼光也會不一樣。我不能讓任何人對我或媽說「我就說嘛」這種話。

我盡可能做好自己分內的工作，只想踏踏實實地過好每一天，不要太有個性，也不要去惹事。然而，就算世界變了、社會變了，人們依然沒有收斂他們歧視的眼光。還是有很多人對我們投以不友善的視線，認為未婚媽媽與單親家庭必定是有問題的。

把「不同」與「錯誤」混為一談的人，比想像中多得多。

我脫下圍裙，掛在牆上，摘下頭巾去洗手間梳洗。

在大火前晃了一整天，感覺連腦袋裡都要被煮熟了。我用微溼的手撥開被頭巾壓扁的頭髮，一出門就看到了盛夏。

那傢伙不知道在爽什麼，滿臉止不住的笑意。看來是因為那個妹控找到了工作，妹妹打算把哥哥第一個月的薪水占為己有吧。

「那我先回去囉。」我大聲朝廚房喊著，叔叔隨即向我揮揮手說辛苦了。

此時，盛夏快步向我走近。

「順利的話，我就要換手機囉。不對！應該要先換筆電吧？」

「盛彬哥找工作是為了幫妳買手機跟筆電嗎？」

我越過那傢伙，朝門口走去。

「當然不是啊。難道他會為了那種理由去突破就業難關嗎？」

盛夏的一句話，讓我不知不覺停下了腳步。

「我哥為什麼會發瘋似地準備就業？」那傢伙在我耳邊低聲說道。

「崔餘暉，你比我更清楚啊。不對，說不定，你媽更清……」

「妳給我閉嘴喔。」

不好意思，我一點都不清楚。我怎麼會知道盛彬哥就業的原因是什麼？不對，待業者準備就業不是很正常的事嗎？

不過，盛夏為什麼要笑得那麼機車，又為什麼要顧及叔叔的反應，噁心巴拉地跟我說悄悄話，我就不知道了。雖然她平常就老愛挑機車的事情來做，但今天這傢伙卻特別愛戳人痛處。

我猛地推開門，走出店外。就這傢伙在那邊高枕無憂。這是她哥的事，不是其他人的事耶。她居然用一副看熱鬧的態度面對那個妹控的事情。

她該不會是真的相信那種事情不會發生吧？還是……

「我尊重我哥的意見。我想盡量站在我哥的角度想。」

她真的是在挺盛彬哥嗎？太扯了。這傢伙跟叔叔很像，有時候會顯得沒什麼條理，但她絕對不是這麼沒大腦的人，我完全搞不懂她在想什麼。

我走下樓梯，觀察著智慧工坊。

媽正在向學生講解製作胸針的方法。有一個男人坐在兩個女人之間。他應該二十出頭左右吧？好像是要準備女朋友的禮物。

這也很難說。說不定，他是個現代難得一見的孝子，禮物是要做給媽媽的……

我轉身走下樓梯。今天沒有比平常忙。相反地，還很早就沒客人了。

即便如此，我的腳步卻還是沉重得像是走在泥灘裡。盛彬哥找到工作這件事明明跟我毫無關係，那句話卻像隻嘈雜的蚊子般在我耳邊嗡嗡作響。

真希望時間是二、四、六、八地跳著跑的。這樣一來，我就會長大，但是，媽就會變老了吧？好不希望媽變老。我希望媽永遠維持現狀，我一個人長大就好。

滿腦子這種幼稚想法，崔餘暉，你真是瘋得很徹底啊。

我往回家方向走去。今天晚餐要做什麼呢？做媽愛吃的燉雞怎麼樣？不過，她一定又是吃一隻雞腿、一隻雞翅，再夾幾片馬鈴薯加幾條粉絲，就說吃飽了吧？

現在有了體面的工坊，網路商城也小有名氣，但在得到這樣的收穫之前，背後卻得經歷一段相當艱辛的時光，尤其是冬天。由於大家都穿著厚外套，很少人會注意配飾。

寒冷的冬天，我躺在地下室的月租房裡，數著褪色天花板上的圖案，這個時候，一股炸雞的香味就會從門縫飄過來。

看到吞著口水的幼子，媽放下了手中正在黏水鑽的棉花棒走出門去。過了一會兒，她便帶著一陣冷空氣回來了。媽從懷裡拿出來的是一包韓元六百元的炸雞口味零食。

媽從來不會白白給我零食吃。她會提議玩個遊戲，先將零食倒在盤子上後，再猜拳，贏的人就能拿一個吃。

當媽連贏兩次時，一股不安慢慢蔓延開來。下一次則是輪到我贏。在一陣彷彿擁有全世界的歡呼聲後，她在我的盤子裡放了一塊零食。那一刻，猜拳猜贏，多拿一塊零食吃，對我來說便是最重要的事。

我完全專注在比賽中，燃起了熊熊鬥志。

經由勝利而嘗到的零食，比世上任何食物都要甜美。媽從來沒有跟我說過對不起。她只是把最好的都給了年幼的兒子，也把那些變成我心目中最棒的東西。

多虧她，我童年時期的物質匱乏感並不那麼嚴重。但媽可就不是這樣了。我到底能給媽什麼「最好的」呢？

已經十一月了，一年即將結束。我馬上就要十九歲，媽也快三十五了。

每次看到媽，我就更加惋惜。是因為我們只差了十六歲嗎？崔智慧小姐是我的媽媽，也是好朋友。我希望我的朋友現在過得幸福，也希望那份幸福不會參雜著莫名其妙的閒話。

我怎麼想都覺得自己做不了燉雞。今天身體一直都好沉重。還是做個簡單的泡菜炒飯好了。

「家裡有培根嗎？」

冰箱裡的食材在我腦海中閃過。對，什麼事都還沒發生。沒事的，不會有事的……

我吃完營養午餐就出來了。今天的陽光特別溫暖。

「得行個光合作用啊。」

東宇沒回教室，走到了操場。看來這傢伙也很久沒出來享受陽光了。

我跟著東宇在操場的長凳上坐了下來。

距離期末考已經不到一個月了。在這種狀況下出來閒晃是有點不安，但吃完午餐坐在書桌前也只能打瞌睡而已吧？出來醒醒腦也不錯。

不是只有植物需要光合作用嘛。

「你女朋友，氣質和你很不一樣。她看起來超有活力的。」

東宇坐在長凳上，把手往背後伸展。那傢伙的視線看向了遠處的天空。我腦海中浮現了盛夏的樣子。

嗯，她的活力總是多到爆炸，大家都看得出來。

我某天跟媽一起吃飯的時候，電視螢幕上出現了一個當紅的偶像團體。她們與其他偶像不同，每個成員都擁有濃厚的個人色彩。正因如此，粉絲非常多元旦死忠。

「那個皮膚黑黑、單眼皮的。啊，對，她叫子若吧？我每次看到她就會想到盛夏耶。」

「她哪裡像盛夏？除了都是單眼皮以外，她們根本沒有相似之處好嗎？」

「不是啦。她們兩個都有一種活潑開朗的氣質跟亮眼的魅力啊。」

「媽媽，盛夏不是活潑，是潑辣；她也不是亮眼，是自顧自地瘋狂暴走。」

雖然我已經親自糾正過了，但不知道是不是因為媽的那番話，只要子若出現在電視上，我就會莫名其妙地想起盛夏。

仔細觀察會發現，她們的形象確實很類似，兩者都充滿了開朗的能量。不過問題就出在盛夏空有一張開朗的面孔，開口閉口卻都是粗俗的髒話，或是連男生都難以啟齒的詞彙。

我怎麼想都覺得她跟我相處，比跟她哥相處更放鬆。

「喂，我好餓，趕快給我滾出來。」

每當我看到說出這種話的傢伙，跟自己的哥哥講電話的樣子，我就差點把三年前吃的泡麵都吐出來了。

「嗯，我是有點餓啦，但我只想去便利商店買個三角飯糰來吃。我當然喜歡披薩呀。葛格買的東西，妹妹怎麼可能會不喜歡？」

不知道的人應該會以為她是在跟男朋友講電話吧。

差十歲的風範著實厲害。

「我不是說過了，她只是我的女性朋友。她跟我們沒什麼兩樣，只是染色體略有不同而已。」

至少對我來說，她就是這種朋友。而就性格而言，則比同性好相處好幾倍。

「你覺得男人和女人之間有純友誼嗎？」

我用最大的幅度點著頭。

電視劇或電影裡頭常出現的那種「多年好友最後相愛」的故事，我已經看過無數次了，但很可惜，這並不是我的劇情。

說真的，電視上實在是太多財團小開與平凡主角的愛情故事了。哪門子財團小開會像滿街都有的便利商店一樣，動不動就冒出來一個啊。

平凡的主角在路上幫助的老爺爺，正好是財團董事長，而他偶然遇到的對象竟然是一家大企業的繼承人。這又不是什麼便利商店買一送一的活動，居然連續遇見大企業的負責人跟繼承人。連小學生都知道，他們完全活在獨立的時空啊。

但也對，就是因為這樣才能稱之為電視劇或電影吧。

但現實又是如何呢？別說是財團小開了，在這個世界上要遇到一個凌駕於造物主之上的屋主就已經很難了。

所以「電視劇或電影裡多年好友成為戀人的劇情，必然會在現實中出現」這種定論，有極高機率是完全、絕對、百分之百不可能發生的。

「看把你跟那傢伙一起丟到無人島上看看。你們馬上就會為了誰要多吃幾條魚而用長矛對戰的。」

這絕對不是在誇張。如果是我和盛夏，那發生的可能性極大。

「人家不是說，男女之間絕對不可能有純友誼嘛。」

「人類相信外星人的存在，卻不相信男女之間的友誼？如果我和盛夏一輩子都只是朋友，那我們不就變成比外星人還稀奇好幾倍的存在了？」

所謂人家說的話……沒錯，人們常堅信自己的想法就是正確答案。他們絕對不會以善意的眼光來看待不符合自已想法的人，一直以來都是如此。

我跟盛夏之中，一定有個人會向對方告白，以友誼為名的冠冕堂皇戲碼便會就此破局。人們似乎覺得結局就該變成那樣，期待著我們兩個的關係盡早疏遠。

我們每個人從小學開始、到國高中，甚至是到大學畢業後求職都一直在尋找正確答案。大家真的相信人生就和選擇題一樣，只有一個答案嗎？就像人們認為有兒子就等於已婚；有媽媽，就會若無其事地附贈「父親」這個詞彙。

我已經吃飽了，午休時間應該還有十五分鐘。今天陽光如此明媚，放空腦袋，悠閒地睡個午覺不是很好嗎？

我瞄了東宇一眼。

「喂，你上半身往後躺一點。」

在東宇疑惑的眼神中，我轉身把他的大腿當成枕頭躺了下去。我對躺黝黑男人的大腿一點興趣都沒有。但我實在是太懶得動了。就算只躺那麼一下下也好。

「喂！你、你在搞什麼啦，很噁耶。」

那傢伙抓狂到連講話都結巴了。但我沒理他，而是緩緩地閉上了雙眼，因為從樹枝縫隙間撒下的陽光實在太刺眼了。

「我也覺得很噁好嗎。哥是因為太累才躺你大腿的，所以你也閉上眼睛吧。閉上眼睛，把我幻想成你的理想型。」

耳邊傳來了沙沙的風聲。躺在長凳上，我慵懶得像是在做夢。

「理想型？」

「怎樣，你去的那個咖啡廳……啊，管他的，先不講這個。」我閉著眼睛，低聲呢喃著。

微風輕撫過我的頭髮。

「喂，崔餘暉。」

「嗯。」

「你和那個女生真的什麼都沒有喔？」

「你最好想一下我現在躺在哪裡。你要是再問我一次，我也不知道自己會做出什麼事情來。我可不想做出對不起你未來女朋友的事喔。」

兩人之間瀰漫著平靜的沉默。

我閉著眼睛就這麼睡著了，東宇的大腿意外地好躺。我以為他會彈開，說我很噁心之類的，但這傢伙比我想像中聽話多了。

啊，要是能在這裡睡一小時，我就別無所求了。

「崔餘暉，我問你喔。」

嗯，第五節是什麼課啊？今天有英文小考嗎？不，如果有小考的話，東宇就不會悠閒地在這邊晒太陽了。這傢伙是很精明的，該做的事情絕不遲疑。學校裡難得一見的天才豈會是簡單人物？要是有考試，他也會提醒我先做準備。東宇是個很重感情的人，只是話不多，不太吐露自己的心聲。

最重要的是，他筆記做得超好。他撰寫的訂正筆記完全是教科書等級。

「我可以借你，但是你絕對不能複印喔。你要自己抄在筆記本上。要不然我就不借你了。」

「我知道了，小鬼。反正你就是不希望我輕輕鬆鬆拿走你的心血嘛。」

我剛開始覺得他有點小氣，當他檢查我有沒有逐條抄寫到筆記本上時，我無奈地笑了出來。但是，我很快就發現，東宇為什麼禁止我複印筆記了。

因為直接看複印的筆記與親手抄寫的筆記，有顯著的差異。

抄寫筆記的同時，腦海中便開始生成概念，可以把自己的東西添加在東宇撰寫的內容上。自己動手逐字寫下的內容，背誦起來也更有效率。我想說的是，我顯然也是他的對手之一，但是活躍在全校舞臺的傢伙境界跟我就是不一樣。

總之，我的成績能在升上高二後大幅進步，都要感謝東宇。

當然，我跟東宇混在一起，絕對不只是因為這個理由。

「你為什麼要督促我讀書啊？」

我半開玩笑地問題，讓他瞬間揚起了嘴角。

「我們不是朋友嗎？是你自己先說的吧？」

那平凡的一句話，莫名地觸動了我的心。

我總覺得自己和東宇的友情可以長長久久。

如果今天有單字小考，那傢伙早上就已經傳訊息提醒我了。所以，第五節課不會有事的。只要再睡五分鐘……

「你有在聽我講話嗎？」

不知道為什麼，這傢伙今天一直跟我搭話。

「吼，怎樣啦？」

「你能不能幫我啦？」
「幫你什麼？」
「把那個女生介紹給我啦。」
東宇這句話讓我整個人彈了起來。壓在眼皮上的睡眠精靈瞬間消失得無影無蹤。他在說什麼？他要我把誰介紹給誰？
「就那個叫盛夏的女生啊，你跟她只是普通朋友不是嘛。為什麼不能介紹給我啊？」
原來是這麼回事啊。這傢伙跑到我打工的地方，就是為了盛夏？仔細想想，第一次見面的那天，他的視線也一直在盛夏與我身上反覆交替著。我還記得他那天盯著盛夏消失在門外的背影看了好久。
「你不是說盛夏沒有交往對象嘛。」
當然沒有。所以身邊的人更會把我跟盛夏牽扯在一起啊。
「不行嗎？」
這個嘛，盛夏單戀的男生我見過很多。其中有些會跟她萌生快交往的曖昧氛圍，但單以結果來看全部都搞砸了。然而，我從來沒想過有一天會親自把朋友介紹給那傢伙，因為我沒有好的對象可以介紹給盛夏。

再說，我也一直沒有什麼親近的朋友。

「幹麼不回答我？你們只是普通朋友不是嗎？」

正如我先前一再強調的，我和盛夏絕對不是那種關係。但是，這是怎樣？這種神祕的奇妙心情是什麼？

鐘聲響起，預告著距離第五節課還有五分鐘。

他臉上寫著「自己先起來的，幹麼還不走」？

好，先回教室再說。回去再好好整理思緒。本來就很複雜的腦袋，因為那傢伙而變得更加糾結了。

「趕快走啦。」

東宇踱步穿過了操場。

盛夏和東宇？我站起身，看著那傢伙的背影。總覺得他們兩人的個性完全相反，我也不知道會是適合還是相剋。

話說回來，那個古怪的傢伙是看上盛夏哪一點，要我幫他介紹啊？單純看外表嗎？不，以東宇的個性絕對不可能是這樣。

算了，我對東宇又了解多少呢？我們也只有在學校裡走得比較近而已。我們連對方家都沒去過。我還以為他很沉默寡言，難道那個一臉靦腆的傢伙，也有熱血的十八歲？

但為什麼偏偏是盛夏？他們也只打過兩三次照面而已，甚至連話都沒說過。不過，男女關係好像本來就是這樣嘛。在視線交會的瞬間，指尖發麻的感覺。也對啦，根本沒有經驗的我說出這種話，就像是一個母胎單身教人談戀愛一樣可笑。

天空中有兩隻鴿子在盤旋著。

快年底了，聖誕節也要到了。在寒冷的冬天裡，那傢伙的懷抱是不是也會覺得冷？我緩緩走過少了東宇的操場。

冷掉的鯛魚燒

「媽。」

崔智慧小姐抬起頭，眨了眨眼睛，用眼神反問我叫她幹麼。但我終究還是說不出話來。

我倉皇地叉起一塊炒魚糕吃。蠔油放太多，味道有點過鹹。我不太記得自己是什麼時候開始做飯的。好像是四年級的時候吧？

媽媽很常跑去市場看近期流行的飾品。

我目前有訂閱幾本珠寶和時尚雜誌，但當時連這些也是種奢侈。所以她總會一步一腳印地逛遍數十家飾品店，仔細留意那些暢銷商品，然後構思出與其相反的設計。

某樣東西正在流行時，人們就會一窩蜂地追隨，所以流行也總是很快就退燒。媽只製作那種一看就知道是手工製作的飾品，和工廠開模製造的商品完全不同。

這就是流行的反操作，而她至今仍堅持著這種做法。重視自己專屬的特色，不跟隨流行；設計世上獨一無二的款式，不製作大家都有的東西。這是媽製作手工飾品的口號，亦是訴求。

不管做任何事，要得到好的結果，背後都要付出長期的努力與學習、研究，否則很難對成功有所期待的。

媽總是徘徊在市場與百貨公司，仔細觀察著來往的路人直到雙腿浮腫為止。除此之外，她也沒有荒廢新設計的學習。她會為了製作一個飾品，畫上數十、甚至數百張草圖。

她未曾受過設計方面的專業訓練，在未婚媽媽庇護所內跟講師學習的胸針製作技巧，便是她全部所學。她所擁有的知識與資訊越是貧乏薄弱，便越是瘋狂投入工作。

因為當時，那就是她的一切，那攸關我們母子的生計。

媽格外熱血，也格外懇切。她每天與生計、人生、世界這三個敵人苦戰，戰得忘了吃，也忘了睡。

我不喜歡別人說我懂事，因為我跟媽是一個團隊，我們是並肩作戰的。

媽去飾品零件市場買東西的時候，我就在家做泡菜炒飯。奶油是奢侈品，我會先用人造奶油炒泡菜，再加入白飯與少許辣椒醬拌炒。最後，打個蛋，用醬油調味，好吃的泡菜炒飯就完成了。

我曾經很認真地觀察媽的一舉一動。從晒衣服、折衣服，到整理房間、做飯，絲毫沒有遺漏。就像她習慣性地將行人的項鍊、胸針、髮夾盡收眼底一般。

身為一個團隊，我們都為彼此盡了最大的努力。如果媽為了生計，連吃飯睡覺的時間都捨不得浪費，那我就盡量把家務解決掉，讓她多少休息一下。

「兒子，我們表現得很棒，對不對？」

我很喜歡媽這句話。

沒錯，我們表現得很棒，而且我還努力想變得更棒。結果就是年僅十二歲的我，便說出了房租、生活費這種話。

可能有人會心疼我小小年紀就太過早熟，但是看到媽津津有味地吃著泡菜炒飯，我真的很開心。如果她能早點睡我就心滿意足了。

媽總是把「我們」這兩個字掛在嘴上。

「我們」這個詞彙指的是「彼此為彼此努力」，而不是「我為了你而努力」。這是合作，不是單方面的犧牲；是並肩前行，而不是誰負責帶路。

然而，時光飛逝，我的個子已經高到可以低頭俯視媽媽了。我開始意識到自己能為她做的事是有限的。現在，媽不管在超市買了多少食材，我都提得動，我能烹調出遠勝於以往的多樣化料理。晚上我可以出去接媽媽，我還強壯到能把窩在客廳沙發上睡覺的媽媽抱回床上。

但是，我發現即便這樣，還是有我辦不到的事情。

「幹麼叫了我又不講話？」

媽大口大口地喝掉了雞蛋湯。她每個月都會去未婚媽媽庇護所，教一堂手工飾品工藝課。

「妳不能這樣培養競爭對手吧？」

針對我愚蠢的問題，媽的妙答如下：「讓那裡的每個人都成為我的競爭對手是我的目標，也是夢想。人就是在領先與落後中，一天一天地活下去啊。」

她們依媽所願，一天天堅持下去，也有些人放棄了他們的孩子。但是，這世上沒人有資格批判她們。因為真正該受到批判的另有其人。

我不去問父親的事，就是出於這個理由。我完全不想知道他今年幾歲、長什麼樣子、是哪裡人。要是被我知道了，每個年齡相仿的男人在我眼中百分之百會變成同一種人。

我是從母姓而非父姓；我的父親打從一開始就不存在，並不是因為往生或是父母離婚；媽和我只相差十六歲。這一切都讓人們覺得不可思議，卻也一點也不奇怪。

他們似乎不知道，在一個只有獨眼龍的國家，有兩隻眼睛的人反倒成了怪物。如果到處都是四葉草，幸運的象徵應該就會變成三葉草了吧。

「沒什麼。」

總覺得食不下嚥。我放下筷子，喝了口水。但一抬起頭就看到媽用刁鑽的眼神瞪著我。

「少來了。你才不會就這樣咧。不是這樣好不好。不是這樣嗎？」

媽媽咯咯地笑著，似乎覺得自己的梗超有趣。我的臉可能跟媽是一個模子印出來的，但我很慶幸自己沒有遺傳到那種幽默感。

「媽，我跟妳說。」

要是沒事叫她又不講話，她又要唸我了。崔智慧小姐這個人就是耐不住好奇心。但其實好奇的是我，不是她。我實在太想知道媽心裡在想什麼了。

我一邊用筷子攪動著米飯，一邊觀察著她的反應。

「東宇他……」

「你是說升高二之後跟你走很近的那個人喔？就是長得很神祕的那個人，對吧？」

我不知道我是哪時候談到東宇的長相，總之，他的確是我升高二之後最親近的朋友。傳訊息或講電話時，媽偶爾會問我對方是誰，我口中說出的總是盛夏或東宇的名字。

但是媽從來沒見過東宇。

「他叫我把盛夏介紹給他認識。」

母親一臉不爽地瞪大了雙眼。我第一次聽東宇說起這件事的時候，也是這種表情嗎？或許是吧？

「他哪時候見到盛夏的？」

「他上次來我們這區的時候，剛好遇到她。」

「剛好？」

我點了點頭。

「他上禮拜有來炸醬炒碼麵館。」

「他怎麼會知道那邊？」媽不斷追問著，就像刑警在審嫌疑犯一樣。

但其實，真正想進行追問的另有其人。

老實說我也不太清楚，因為我不知道媽會說出什麼話來。不，我連媽真實的想法都不清楚。我一邊嚼著飯粒，一邊接下去。

「他以前就知道我週末有在打工，我只是順口提起那家店的事。但他本來就很聰明，可能聽聽就記住了吧。我有跟他說炸醬炒碼麵館老闆的女兒叫盛夏。」

媽媽瞇起眼睛，像是企圖讀取些什麼。

「所以你剛剛才一臉心煩意亂的表情？」

媽說得沒錯，我現在非常、十分、相當心煩意亂。但是，我並不知道這種混亂的心情到底是什麼。

「東宇叫你把盛夏介紹給他，所以你心裡就有種莫名的情緒？」

這種說法也是正確的。可能是我不知道自己到底能不能把東宇介紹給盛夏吧。

當然，東宇是個不錯的人。他功課好，不會裝模作樣或是開口閉口罵髒話。也不會過度沉迷於遊戲或是對性有太強烈的好奇心。然而，這終究只是我的標準，我對真正的東宇一無所知。

我大概知道他住在哪裡、個性怎麼樣、有哪些小習慣、喜歡吃什麼，但是我卻無從得知，我認知中的東宇是不是他的真實面貌。

老實說，我真的不知道他會為了擦肩而過的盛夏而親自找上門來。甚至還大方開口要我介紹？當然，我不清楚盛夏對他有什麼樣的魅力，但怎麼會對一個只有一面之緣的人著迷到這個程度呢？

也許是因為我跟盛夏以兄妹的模式相處太久，才感受不到那傢伙真正的魅力吧。

「你老是說跟盛夏相處比跟男孩子自在好幾倍，但是真有人要你介紹，你又不願意吼？你該不會是對盛夏有那種想法吧？」

媽看起來跟捉弄朋友的死黨一樣興奮。

平常的我，會煩躁地說沒這回事，但此時的我卻什麼都沒有說。

其實，我猶豫的理由絕對不是這個。

媽說得沒錯，跟那傢伙相處比跟任何同性友人相處都要自在一百倍，一千倍。正因如此，我要介紹朋友給她認識時，會更加謹慎。她就像我的親妹妹一樣，我很怕會帶給她不好的回憶。

而面對東宇，我也沒能爽快答應。

東宇是個不錯的人。雖然身體看起來有點虛弱，但外貌是俊美型的，性格也是既沉穩又細心。自己該做的事，總是能處理得乾淨俐落。他就是那種到朋友工作的餐廳吃飯也會付錢的人，跟某人一樣，分得很清楚。

說不定他跟凡事馬虎、情緒至上的盛夏會很適合。她好奇心很強，一定會同意跟東宇見面。如果不是其他外人，而是我主辦的場子，她至少會因為覺得好玩而說ＯＫ吧。

但是為什麼我還一直在猶豫呢？或許是因為，我偶爾能感受到東宇那難解的眼神吧。

有時看著那傢伙的眼睛，我會覺得裡頭有種莫名的空洞。就像是走在無人的冬日海灘上，或是看著觀眾散去、燈光熄滅的舞臺時感受到的空虛吧。

雖然我不知道，這是不是我自己的錯覺……

所以我更問不出口了。

在對方先開口聊之前，我通常會避免一些瑣碎的問題。東宇這點跟我很像，他甚至沒問過我家裡有哪些人。他只說過他有個哥哥在讀大學，但連「你呢？」這種最基本的問題都沒問過。

我是獨生子的事，還是我主動提起的。而這段談話也就結束在這裡。

我們兩人的性格乍看相似，但總覺得他身上有種和我完全不一樣的東西。雖然我無法確定那到底是什麼。

「喂，你們也十八歲了，正值青春啊。告訴我，你對盛夏是不是……」

「崔智慧小姐？」我偶爾會直呼我媽的名字，因為「崔智慧」比「媽媽」這個稱呼更適合她。

崔智慧小姐依然年輕有活力，不該被「媽媽」這個身分壓迫。

「萬一我對盛夏有特殊感情怎麼辦？」

平常的我，是絕對不會說出這種話的。我們的關係比親兄妹還要親。世界上有人會對姊姊或妹妹萌生微妙的情愫嗎？就算對方是當紅藝人，只要是自己的親生姊妹，我們看她的眼光就會完全不一樣了。

我再次詢問崔智慧小姐：「如果我和盛夏在一起，妳會怎麼樣？」

媽的嘴角泛起了一抹淡淡的笑意。

「我的寶貝兒子終於要終結母胎單身了耶，應該要恭喜你吧？」

「真的嗎？」
媽雙眼微微一顫。
那目光如箭矢般扎進我的胸膛，於是我離開餐桌，回到自己房間。
「晚餐是我做的，所以請崔智慧小姐負責善後吧。」
房門驟然打開，門的另一頭隱匿在深沉的黑暗中，我身後傳來了匡噹噹的聲音。
我需要的不是父親。這是我的想法，但這樣的想法會不會是錯的呢？媽眼神的閃爍，是我的錯覺嗎？還是媽的真心？
我的思緒還糾結得亂七八糟，真不懂為什麼連東宇那傢伙都要讓人心煩。

◇

十一月已接近尾聲。
一年真的快結束了。盛彬哥去參加新人培訓，而盛夏仍然高興得像是自己找到工作一樣。

「期末考日期公布了吧？這是高二的最後一個期末考。某幾位水果刀，好好拚一下，讓我感受一下圓滿的結局吧，好嗎？」

水果刀是班導特地取的綽號。有幾位同學老是削弱班級平均水準，所以被稱為水果刀。

我們班有所謂以成績好出名的天才團，除了班長之外，東宇也是其中一員。但也有一些人和他們恰恰相反。結果就是，即便天才團拿到近乎滿分的成績，只要拿不到過半分數的同學太多，班級平均就會自然而然地被削弱。班導會說他們是「水果刀」，就是出於這個原因。

班導一離開教室，難聽的髒話便此起彼落。正當我茫然地看著窗外時，一個熟悉的身影向我走來。

東宇正在我視線所及之處微笑著。他白皙的臉在早晨的陽光下顯得更加蒼白。他用眼神示意我跟上去，隨後走出了教室。

此時距離第一節課還有十分鐘左右。

我靠在走廊的牆上，看著東宇緩緩朝我走來。

東宇提起盛夏的事已經一個多禮拜了，但我還沒有給他任何答覆。當然，我也什麼都沒跟盛夏說。

「妳上次見過的那個朋友，叫我介紹妳給他認識。」想也知道這句話會讓她的表情變得多好笑。所以我選擇沉默，而東宇也沒再提起這檔事。

我總覺得怪怪的。

我已經搞不清楚這傢伙是不是真的對盛夏有興趣了。

「我什麼都沒講，你為什麼也沒問？」

東宇疑惑的眼神，讓我不禁抱起了雙臂。

「你上次不是叫我介紹盛夏給你認識嘛。你後來怎麼沒再問了？」

他笑著把手伸進口袋裡。

「應該是她不喜歡我吧。你不也覺得我不適合盛夏嗎？」

「不是啦……」

「那會是為什麼呢？」

那傢伙不露一絲情緒的臉上，幾乎沒有任何表情。我有時真的完全猜不到他在想什麼。

提到盛夏的時候，他的雙眼閃閃發光，就像是馬上就要墜入愛河一般，但他現在的表情反而比我還要冷漠。

「你是真的喜歡盛夏嗎？」

「喜歡才叫你幫我介紹啊。」東宇噗嗤一聲笑了出來。

「怎樣？真的要你幫忙介紹，你心裡就不舒服囉？」

為什麼大家的臺詞都千篇一律呢？每個人都認為我遲遲不幫忙介紹，就是對盛夏有意思。但也對，如果我是東宇，我也會這麼想。

畢竟是我自己做出了招人誤會的行為。

我鬆開雙臂，抓了抓頭髮。

「你不是只見過她一次嘛。」

「準確來說，是兩次。」

好，兩次就兩次。

「你從來沒跟她好好講過一句話啊。你對她是一見鍾情喔？」

東宇又微微一笑。

「因為你說你們是老朋友了嘛。」

「喂！我和盛夏是老朋友算什麼理由啊？」

那傢伙朝我走近，用指尖搔了搔太陽穴。

「我只是覺得她跟你一樣是個好人。你這人是不輕易敞開心扉的嘛，但她好像認識你很久了，你們看起來非常熟。我就是覺得這種感覺很好，好到讓我想見她一面。」

東宇輕輕拂去我肩上的灰塵。

「你沒遇過這種人嗎？」

「哪種人？」

「素昧平生，卻莫名其妙吸引著你目光的人。」

他的意思是，那個人就是盛夏嗎？

其實我也不知道，因為我從來沒有遇過這樣的異性。有個流行語叫「容陷愛（註3）」，但我完全沒想過東宇就是這種人。

「好吧，你如果不願意，我也不會強求。我不想要搞得你很為難。她是你的好朋友嘛，我知道你沒辦法把她隨便介紹給別人。」

註3　韓國流行語，指「容易陷入愛情的人」。

要是他催我給他盛夏的電話，我應該就會更主動拒絕他了。但是，東宇還是一如既往地冷靜，再也沒有提起這件事。今天問他的時候，他也只承認自己依然對盛夏懷有好感，眼中還閃著微妙的光芒。

「快上課了，回教室吧。」

東宇朝教室走去。

「喜歡一個人是什麼感覺？」

我以為一見鍾情，或是為了對方拋棄一切的愛情，都只會出現在電影或電視劇裡。但是，看東宇只憑一面之緣就對盛夏產生了好感，似乎也不盡然是如此。

男人與女人相遇時，真的會迸出無形的火花嗎？他們會有被邱比特的箭矢射中胸膛的感覺嗎？

正要走向教室的東宇緩緩轉過身來。

「喜歡誰？」

「女生啊。你看到盛夏的時候有那種感覺嗎？就是心頭一震的感覺。」

那傢伙看向走廊的窗戶，又看了看天空，笑著說道：「我沒有心頭一震的感覺。我只是覺得她還不錯。」

「第一次見到盛夏之後？」

「喂，打鐘了。趕快進教室，第一節是韓國史。老師說今天要發小考考卷耶。」

東宇走過來抓住了我的手臂。

看到盛夏之後感覺還不錯，這一定是喜歡的意思吧？沒錯，以東宇的個性，是不會輕易說出這種話的。

還是先考完期末考再說吧。現在，東宇和盛夏都正忙著準備考試呢。當然，我也是一樣。我邁開腳步，將手臂搭在東宇的肩膀上。

「期末考好好表現，哥就認真考慮一下。」

「什麼？」

哈！這個功課好的傢伙是把察言觀色的能力放在洗衣機裡沒帶來吧？我們剛剛都在聊這個，他現在還突然問我「什麼」，是怎樣？

「介紹你跟盛夏認識啊。」

我撥亂了他那一頭棕髮。他的髮絲意外地柔軟，讓我嚇了一跳。

「盛夏也有可能不願意啊。」

「她只要對象是我朋友就一定會答應。我可沒介紹過任何人給她認識。或許她會因為好奇而跟你見面吧？她會想知道你是個什麼樣的人。我很了解盛夏的。」

「盛夏很了解你嗎？好羨慕你們的友誼喔。」東宇瞄了我一眼後，冷不防地飆出這句話，「還是說，那是愛情？」

話還沒說完，我就勾住了他的脖子。

我先在那個咳個不停的傢伙頭上來了一拳，接著收緊了我的手臂。

「怎麼能對幫你介紹女生的大哥說這種話，嗯？」

我勒緊東宇的脖子後，又鬆開了手。

居然連個小惡作劇都掙脫不了。他真的很虛弱，我很懷疑他到底受不受得了盛夏。但人一旦墜入愛河，就會激發出前所未有的力量。聽說還有可能會因為巨大的神力而變成超能力者。

這就是真愛的力量嗎？

「真的很痛耶。」東宇邊輕撫著自己白皙的頸子，邊嘀咕著。

但他也只是唸唸，既沒有像其他人一樣惡狠狠地撲上來，也沒有拚命勒住我的脖子。即便這是個相當惡劣的玩笑，他也只是那樣弱弱地一笑置之。

在課堂上，他經常展現出高冷的領袖氣質，但在這種時候，他就像是個乖寶寶。我想這應該就是東宇的魅力吧。

我踱步走到自己靠窗的座位，那傢伙則坐定位，拿出了課本。

還是先專心準備期末考吧。

打鐘了，宣告第一節課即將開始。沒過多久，韓國史老師便走進了教室。

◇

期末考已迫在眉睫，補習班配合各校選出了考古題進行模擬考試。

就因為這個考試，下課時間比平常更晚了。我一走出補習班，冷風便灌進了衣領裡。

這個時候，智慧工坊應該也在準備打烊了吧。前幾天新的飾品零件到貨了，但是還沒有整理好。

正當我在趕路時，一股香氣撲鼻而來。

由於天氣寒冷，路上常會看見賣鯛魚燒的餐車。我本來想直接走掉，最後卻還是抱了一袋回去。

傳遞到胸膛的暖意，讓我嘴角泛起了微笑。它讓我想起了很久以前，我和媽一起分享的鯛魚燒。當時的鯛魚燒感覺又大又多，這種東西就是要趁著熱呼呼的時候，邊吹涼邊吃最美味。

剝開的時候，豆沙餡冒出的熱氣中，還會帶著令人食指大動的香甜。

我抱著鯛魚燒奔向工坊，想趁它還有溫度時拿給媽吃。

這個時候，工坊的打烊工作應該也快結束了。然而，我快步在走廊上行走的雙腿卻突然停了下來。

工坊裡不只我媽一個人。我也已經感受不到懷中那包鯛魚燒的熱氣了。我急忙轉身，逃跑般地走下樓梯。

早知道就直接回家了，真是白忙一場。

我有時會想。媽為什麼會選擇我？

她因為這個選擇而失去了很多東西啊。她是透過學力鑑定考試取得高中文憑的，讀大學則是想都沒想過。當她的同儕還在與朋友廝混、關心異性的時候，媽已經與家人斷絕了關係，為了生存不得不與世界抗爭。

我媽在我這個年紀的時候，每天都活在一連串的戰爭中。

我現在只希望媽能找到一位讓她安心依靠的對象。

對於一個十七歲的未婚媽媽來說，這個世界實在太冷漠、太殘酷了。這不僅僅是生計問題。還有人們不友善的眼光、歧視性的言論，以及將未婚媽媽當成罪人的無知想法。

這一切都讓媽受到了傷害。而我只希望她永遠不要再受傷，永遠不要再痛苦。但我真的不懂，為什麼我總是如此不安，為什麼荒謬的事一直不斷圍繞著媽。

我一回家就先沖了個澡。

雖然晚餐的時候簡單吃了碗便利商店買的杯麵墊肚子，但是補習班剛下課，我就瞬間餓了起來。神奇的是進了家門，我的食慾就煙消雲散了。

當我正用毛巾擦拭著溼漉漉的頭髮時，玄關門在門鎖聲中開啟了。

「兒子，你洗好澡啦？」

媽微微笑著，我的表情卻越來越僵硬。她將視線投向桌上那袋冷掉的鯛魚燒。

「你買了鯛魚燒啊？」

我沒好氣地對走向廚房的媽說道：「不要吃啦，都冷掉了。」

媽把包包放在椅子上，走到水槽洗了手。

「鯛魚燒冷掉就會變成鱈魚燒嗎？冷掉就涼涼吃啊。」

崔智慧小姐還是咬了一口冷掉的鯛魚燒。

我本來想趁熱拿去工坊，最後卻直接回來了。當初真不該買的。

媽吃鯛魚燒吃到一半，突然歪著頭，像是懷疑起了什麼。

「啊買都買了，就要在冷掉之前吃啊，幹麼放在桌上？」

「我不是買給自己吃的，我是買給崔智慧小姐吃的。」

媽雙手合十，一臉幸福的表情。

她平常也很愛笑。不管我說什麼，她的雙眼都會像孩子般閃閃發亮。但是今天，她的眼睛特別閃亮，笑容也顯得更燦爛了，就像是有人拿著反光板放在她臉部下方一樣。

想著想著，一股暖意不自覺地湧上心頭。

「那你為什麼叫我不要吃。」

媽媽皺起鼻子，咀嚼著鯛魚燒。

「我本來想趁熱拿給妳的。」

「沒關係啊，鯛魚燒冷掉也很好……」

「所以我去了工坊，想說趁還沒冷掉的時候給妳。」

媽手裡拿著鯛魚燒，用驚訝的眼神看著我。

「可是妳怎麼那麼晚還有客人？工坊的課都結束了耶。」

我轉身打開房門。

沒開燈的房間，一如既往地被黑暗籠罩著。有另外一個人和崔智慧小姐坐在燈火通明的工坊裡，直到深夜。

「他真的在跟盛夏交往嗎？」

和媽一起待在工坊裡的不是別人，就是盛夏的哥哥、叔叔的長子——盛彬哥。

他怎麼會在這種時間跑來工坊？我當然不是不明白。

他對我媽的想法，以及他對我媽的感情，我比任何人都清楚。但我無法理解為什麼偏偏是盛彬哥。

門外傳來一陣拉椅子的聲音。

我坐在沒開燈的房間裡，注視著那一片黑色的虛無。

什麼是普通啊？

五年前的某一天，是盛彬哥第一次私底下跟媽見面，不，更精確地說，是參觀了智慧工坊。

他那年二十三歲，因為去澳洲讀了語言學校，所以入伍時間比別人晚。由於工坊和中國餐廳在同一棟建築物裡，盛夏一家人跟媽很快就混熟了。媽有時候會帶我去買炸醬麵吃，還會在盛夏生日的時候送髮夾給她。

當時，在外場工作的人不是盛夏，而是盛彬哥。畢竟他可不像某人一樣滿口勞基法，一塊一塊地計較工資。每到週末，我就會跑到工坊，吵著要吃炸醬麵。如果店裡人太多，媽通常都會叫外送。

每次叫外送，用托盤端著兩碗炸醬麵過來的都是盛彬哥。

「妳點兩碗，我就猜是餘暉來了。」

盛彬哥笑得很燦爛。

當時，他只是盛夏的哥哥，兼中國餐廳老闆的兒子，媽也是這麼認為的。那正是工坊透過口耳相傳，慢慢吸引客戶上門的時期。網路商城的訂單源源不斷，學生人數也逐漸開始增加。

有一天，盛彬哥搖響了工坊玻璃門的風鈴。他手中既沒有巨大的不鏽鋼托盤，也沒有冒著熱氣的炸醬麵。

「過幾天是我媽生日……」

盛彬哥沒什麼錢，他不知道該送什麼有意義的禮物，於是決定造訪智慧工坊。他相信自己親手製作的胸針，一定可以讓媽媽開心。

那天，兩人面對面坐在工坊裡，專心地製作胸針。手工飾品並不如想像中那麼快完成，光是要用鑷子夾起一顆小寶石都很不容易。盛彬哥一臉真摯地把寶石一顆一顆夾起來做成胸針。

他的表情太嚴肅，逗得媽笑呵呵的。

手工製作的胸針和項鍊對盛夏媽媽來說是一份珍貴的禮物。但，問題就是從那時候開始的。哥哥只給媽準備了禮物，這讓盛夏非常難過。那個世界第一妹控看到了，怎麼可能沒有動作呢？

於是盛彬哥又急忙推開了工坊的門。

「不是哥哥親手做的就不行！」

小十歲的妹妹一聲令下，這位二十三歲的青年便在一個裝滿彩色珠珠的盒子前坐了下來。

我看著大口吸著麵條的盛夏。

要是這傢伙沒跟哥哥耍賴，要是他沒有再次造訪工坊，他們兩個現在會是什麼關係？

「看什麼看？我知道我很正，不要再看了。都快被你看破了。」

天氣一變冷，點熱湯吃的客人就變多了。今天點炒碼麵的人比平常多了兩倍。一陣風暴過後，叔叔出去抽了根菸。

大概是因為昨天喝多了，他看起來一點胃口都沒有。最適合解酒的食物就是炒碼麵，但可能要別人煮給自己吃才有效。

我和盛夏一人一碗炒碼麵，享用著遲來的午餐。

「我前幾天有在我媽的工坊看到他。」

「看到誰？」

「盛彬哥。」

盛夏默默吸著麵條。這傢伙平常一聽到哥哥的事情，就算在睡覺也會從床上彈起來，現在怎麼這麼從容？隔岸觀火也要有個限度吧。

媽和盛彬哥之間，並非一開始就在互相傳遞微妙的氣流。起初只是盛彬哥單方面的感情。當時的我完全不相信，說不定比現在的盛夏還要更滿不在乎。

「我覺得我哥……喜歡你媽耶。」

看著表情僵硬到不行的盛夏，我捧腹大笑。

太誇張了啦。盛彬哥足足比媽小六歲，怎麼可能會喜歡她啊？她兒子可是個與自己妹妹同齡的男生耶。盛彬哥長得好看，個子也高，據說每年情人節盛夏的體重都會增加三公斤，因為她把哥哥收到的巧克力通通都吃光了。

更何況，媽怎麼可能把兒子同學的哥哥當成異性來看啊？我滿不在乎地大笑，揉揉盛夏的頭髮，讓她不要講那麼誇張的話。

但我現在再也笑不出來了。

「喂，妳沒有話想說嗎？那可不是別人，是妳最愛的哥哥耶。」

我不知不覺大吼了出聲。

雖然這樣對她也解決不了問題，但我就是莫名地上火。這傢伙也應該要卯起來阻止才對吧？她現在就是得好好說說自己哥哥，反問他這種關係荒不荒唐。

盛夏放下筷子看著我，平時活像個野孩子的傢伙，這時眼神卻銳利了起來，銳利到令人卻步。

「崔餘暉，你一直都在騙我是不是？」

「騙妳什麼？」

「你不是說你不需要爸爸嗎？你不是說希望有個會為你媽著想的人出現嗎？」

沒錯，我一直把這些話掛在嘴邊。

我只會跟盛夏一個人吐露所有的真心話。我說過希望媽在變老之前能談場戀愛；我說過希望有個人能出現在她身邊。即便如此，這還是太誇張了啊。

就算他們能夠克服六歲的年齡差距好了，但她可是妹妹朋友的媽媽，說不定只是一時好奇而已。

我並不渴望擁有父親。但是媽的對象居然是盛彬哥？相較之下，我跟盛夏發展成那種關係反而更合理一百倍，不，是一千倍。

「可是盛彬哥怎麼……妳覺得我媽跟盛彬哥能在一起多久？他們能結婚嗎？不可能嘛。最後受傷的百分之百是我媽啊。」

「這可不一定。」

「盛彬哥現在是在逞強，這絕對不是愛。」

「已經五年了。」

五年？哈！時間過得還真快。沒錯。已經五年了，我內心有些東西跟麵條一樣開始膨脹了起來。我連那是埋怨、煩躁，還是憤怒，都搞不清楚。

我甚至不知道那種情緒是針對誰的。是對媽專情到近乎愚蠢的盛彬哥？還是一點一點對盛彬哥敞開心扉的媽？那股未知的情緒漸漸膨脹了起來，真希望它索性一次爆發算了。

五年前，二十三歲的盛彬哥向快三十歲的媽吐露了愛意。但是，對崔智慧這個女人來說，盛彬哥只是她兒子朋友的哥哥，以及熟識的中國餐廳老闆家的長子，絕對不會超出這個範圍。

媽每一天的生活都太忙碌、太肅殺，根本無法接受誰的感情。從工坊的課程到網路商城的管理，可說是忙得不可開交。

她曾經僱用過一個工讀生，但這個人和處事嚴謹的媽媽不同，常有顧客投訴他的作品有瑕疵。所以最後，她還是回歸初心，獨自承擔了一切。對於一天二十四小時都很緊繃的媽來說，這個男人足足小她六歲，這份純情只會被她視為單純的好奇。

「那你去當兵吧。」

媽此話一出，盛彬哥就入伍了。

她反而還很慶幸呢。不是有句話叫「Out of sight, Out of mind」嗎？距離一遠，感情就淡了嘛。然而，事情完全偏離了媽的預期。因為當兵後盛彬哥對媽的心意一點都沒變。

退伍後和復學前，他做的唯一一件事就是去工坊做飾品。製作胸針時，盛彬哥把所有注意力都集中在手中的零件上。他說在智慧工坊創作時，是他唯一能夠忘記我媽的時光。這一句話在媽的內心激起了怎樣的波瀾，除了當事人之外，沒有任何人知道。

「好好經營校園生活，先畢業再說好嗎？」

這是媽給盛彬哥的第二個任務。所謂好好經營校園生活，就是要他多跟同齡朋友一起玩的意思。時間要花在青春的同齡朋友身上，而不是一個有青春期兒子的女人身上啊。

盛彬哥聽了媽的話，很認真地經營校園生活。

但是，他真的只是認真而已，有多認真呢？盛彬哥只會出現在教室和自習室裡，一般的期末聚會一次都沒有參與過。正因如此，他才能奪得那筆超難拿的獎學金，以優異的成績畢業。

「老實說，剛察覺我哥心意的時候，我也很慌張。你懂我的意思吧？」

我當然懂。最心愛的哥哥愛上的不是別人，而是自己好朋友的媽媽，換作是我也會慌張啊。

仔細一想，我跟這傢伙之間真可謂奇緣亦是孽緣哪。看似是最親近的朋友，但再深挖下去，就會發現我們的關係十分不尋常。

「我本來也是這麼想。應該是因為來來往往經常遇到，才會變成這樣。畢竟你媽也是我們店的常客。但是再想想……」

盛夏沉思了一會，才繼續說下去。

「我哥哥踏實又聰明，卻也非常固執。他是出名的耳朵硬。他朋友都說早點當完兵比較好，他還是說他有自己的計畫。但是，他卻因為你媽的一句話就跑去當兵了，我真的很驚訝。他真的很討厭人家干涉他的事情，就算對方是自己親生父母也是一樣。」

盛夏是最了解盛彬哥的人。這傢伙大概是想告訴我，她哥的感情並不只是一時被沖昏頭而已吧？

其實，我自己也心知肚明，盛彬哥的感情並不只是好奇。如果只是好奇，他就不會因為媽的一句話而發瘋似地埋頭苦讀。

「妳是要我乖乖認可他們之間的關係？」

我說的不是現在的盛彬哥，而是未來的盛彬哥。

一直冷漠拒絕的媽，已經開始慢慢敞開心扉了。我最害怕的就是這個。我擔心她會完全對盛彬哥敞開心扉。如果盛夏是最了解她哥的人，那麼我就是最了解媽的人了。她是個親身經歷過這世界的冷眼與歧視的人。

她至今從未跟我提起過我生物學父親的事，可見她傷得有多深。

媽的心就像縱橫沙場的壯士一樣。被這世界切割，刺穿，撕裂的傷口，就像刺青一樣烙印在她全身上下。身上的傷可以癒合，心裡的傷卻會隨著時間在更深處潰爛。

媽從不曾輕易對人敞開心扉。當她以開玩笑的口氣說：「他不是我的菜啦」時，指的並不是外貌，而是心。不想再受傷害的防禦機制，從很久以前便已在媽的腦海裡啟動了。正是因為如此，我才會埋怨盛彬哥。

媽越是努力把他推開，他就越是努力靠近，這種傻勁令我怒火中燒。

「為什麼他們兩個的事情需要我們的認可啊？」

「喂，朴盛夏！」

「他們都已經是成年人了。」

我從座位上站了起來，盛夏抬起那雙黑色的眼睛看著我。

「對妳來說只是妳哥的事……但對我來說，可是我媽的事啊。」

退一百步說，就算盛彬哥的感情是真心的，但這份真心究竟能持續多久呢？連當事人自己也無法保證吧。雖然我一點都不想去思考，但我生物學上的父親當初應該也是真心的吧？只是那結局實在太殘酷了，徹底顛覆了一個十七歲的少女的人生哪。

媽需要的並不是盛彬哥的真心，而是成為她人生伴侶的承諾。

盛彬哥還不到三十歲，才剛成為社會新鮮人就想要配合媽的生活步調？剛開始或許還能配合幾次。但是，他終究會依照自己的速度走，很快就會背叛媽了。

「就算你是她兒子。」正當我轉身往廚房走時，盛夏大喊道：「也不能干涉她的事啊。」

我轉身看向她。

「可是這個狀況……」

「就算她是你媽，也不能干涉你的事情，這是一樣的道理嘛。」

盛夏站起身收拾桌子。

叔叔還沒回來。只有我和盛夏知道盛彬哥和媽的關係。要不是這傢伙，他們兩個就不會演變成這樣了。因為媽在過去的五年裡，從來沒有陪在盛彬哥身邊過。

對盛彬哥來說，媽就是一個國家的君王，是給予想得到公主的騎士無數挑戰課題的君王。年輕的騎士完成了所有課題後，便回來取得結婚許可。

在過去的一年裡，盛彬哥一直在專心找工作。在找到工作前，他一次也沒來過工坊。就連我們偶爾一起吃午餐的餐廳，他都沒再造訪。

聽盛夏說，他除了睡覺時間以外，都待在圖書館、讀書會，或是模擬面試補習班。我心想，在這史上最糟糕的就業市場中，居然連教人面試的補習班都有了。但我內心還是不抱期待。

我並不是不相信盛彬哥的能力，是目前經濟真的太不景氣了。由於職場缺乏保障，連小學高年級生都學會「最低就業率」這種經濟術語。

我一直相信，只要忙著準備求職，他就會自然而然地忘了媽。畢竟愛這種情緒，都是解決生計之後的事。對於眼前沒有麵包的人來說，愛情的小夜曲就像蒼蠅的嗡嗡聲一樣毫無價值。

但問題是，盛彬哥連難以突破的求職窄門都一舉粉碎了。甚至還搖身一變，成了大企業正職員工。這個結果反而搞得我很緊張。

萬一媽的心扉打開得太晚，說不定變心的反而會是盛彬哥。

人類的心理本來就是這樣。櫥窗裡的東西固然完美，真正擁有時卻失了顏色，這種事已經是家常便飯了。

媽凝視盛彬哥的眼神開始一點一點地亮了起來。這就是她已敞開心扉的證據。也對，五年的時間絕對不算短。

我在廚房裡清洗堆積的碗盤。

叔叔正在吃解酒湯嗎？他連自己兒子心裡想著誰都不知道吧？那阿姨呢？一提起盛彬哥，她的表情就會欣慰得不得了。他還在競爭那麼激烈的大企業裡找到了工作。

這麼優秀的長子要是愛上了一個三十四歲的未婚媽媽，她一定也會很開心吧。

盛夏把炒碼麵扔進了廚餘桶。明明可以吃完飯再談的，我卻提起了這個令人不自在的話題。是我把那傢伙搞得胃口盡失。內疚的念頭突然占了上風。

「叔叔跟阿姨都不知道吧？」我擦拭盤子的時候，冷不防冒出了這句話。

「還不知道。」

盛夏把空碗放在水槽裡頭。要是叔叔知道這件事，他一定會搞出比翻鍋時更大的噪音，雙方家庭早就火花四濺了吧。

「崔餘暉，你就這麼討厭我哥嗎？」

我並不是討厭盛彬哥。

我知道他的感情比誰都豐富，看他怎麼對盛夏就知道了。雖然他們年齡差距很大，但如果我是盛夏，我真的會覺得很恐怖。

國三那年，盛夏摔了一大跤，弄傷了膝蓋。那傢伙至今仍依稀留著當時的傷痕。偏偏她摔倒的地方還是堅硬的柏油路，她帶著雙膝的擦傷，一拐一拐地走進家門，恰好在客廳裡的盛彬哥嚇得大步跑過來，而盛夏只是一派輕鬆地說自己受傷了。

盛彬哥提著醫藥箱過來給傷口消毒，並仔細地上藥。到目前為止，都還算是一般兄妹間的常見事件。然而，盛彬哥卻一邊在盛夏的膝蓋上抹藥膏，一邊流下眼淚。

「哥，你哭什麼啊？」

驚慌的盛夏一問起，盛彬哥就火速擦拭著眼角。

「妳一定很痛吧？一想到這點，我就忍不住……」

聽到這個故事後，我也一臉尷尬。

只不過是已經長大的妹妹膝蓋擦傷嚴重了點，哥哥居然就落淚了。我覺得他真的是個很誇張的妹控。但這已經不是第一次了。只要是盛夏生病、受傷，或是一個人在煩惱成績不好的時候，他都會感同身受地覺得痛苦，難受。

我也不是不知道盛彬哥的好，不過這一切都是以盛夏的哥哥——也就是妹控這個身分來評斷的。

「我哪有說我不喜歡妳哥？我只是覺得他不能把我媽當對象。」

盛夏歪著身子，將重心集中在一隻腿上。

「我有點不爽耶。什麼叫做不能把你媽當對象？我哥哪裡不好啊？」

「我不是說他不好啦，怎麼連妳都這樣啊？」

我希望至少盛夏能積極地阻止自己的哥哥。但她竟然開心地在一旁看熱鬧。這是否意味著就算關係觸礁，盛彬哥也不會受傷呢？想到這裡，那傢伙一派輕鬆的表情就更加討人厭了。

我粗魯地撥著水洗碗。

「崔餘暉，你也太針對我了吧？」

「我只是……」

「只是怎樣？」

「我只是希望我媽可以跟普通人交往。」

「你所謂的普通人是誰啊？不對，到底什麼是普通啊？」

什麼是普通？我無法用一句話來下定義。但是任何人都不覺得奇怪的關係，算不上普通嗎？跟媽年齡相仿也好，人生經驗比媽稍微多一點也好。只要他比任何人都更能理解媽的痛苦，擁有願意與媽並肩前行的溫暖心腸，那就再好不過了。

我希望他不是個會惹人非議，招來異樣眼光的對象。我只是不想要有人反對這段關係，或用有色眼光看他們而已。

他比媽小六歲，親生妹妹還跟媽的兒子同年，以我的標準來看，絕對稱不上是普通。

每當媽跟別人介紹我是她兒子，說我從頭到尾都沒有父親時，每個人都無法掩飾自己的尷尬。從小到大都是這樣。

面對「妳爸媽很晚才生他吼？」這種問題，她總是會用清脆的聲音回答：

「他不是我弟，他是我兒子。我的親生兒子。」

每當媽這麼說，那些人都會重新打量我跟媽一次。我只是希望她能脫離那種眼光，過得自由自在。應該不會有人覺得這樣的心情是種奢求吧？

「我不知道你所謂的普通是什麼意思，但事實上，要在這個時代裡過普通的日子，本身就很難吧？」

其實，到底怎樣才是普通，平凡又是什麼，我自己也不清楚。因為我跟媽一直以來，都跟這種統計相去甚遠。

但即使如此，不，也許就是因為這樣……

此時，有人打開了玻璃門，走進來的是叔叔。他嘴裡叼著牙籤，應該是從解酒湯店回來的。大家都知道午餐時間後，主廚一定不會在店裡。所以我們下午吃午餐時，總是沒什麼客人。

「餘暉，大概收一收就先回家吧。不是快期末考了嘛，快回去讀書吧。」

叔叔穿上了圍裙，盛夏則不爽地瞪大了眼睛。

「你女兒也要期末考，考試時間還一樣耶。哇！看來你是擔心餘暉的考試，不擔心女兒的考試吧。天哪，是誰說胳臂會向內彎的啊？」

叔叔竊笑著對猛發牢騷的女兒說：「那妳也回去啊。如果妳知道現在誰在我們家，就算我推著妳走，妳也不會願意的。」

「誰啊？」

「還會有誰？就是妳那愛管閒事的小姑姑啊。她說要等妳媽回來。」

「姑姑來幹麼？」

叔叔邊戴上廚師帽，邊砸著嘴：「為了妳哥啊。」

叔叔一提起盛彬哥，我們兩人的表情全都僵住了。

盛夏偷偷觀察著我的反應；我則開始放慢速度擦拭碗盤。我佯裝鎮定，全身的感知卻彷彿全集中在聽覺。如果我是動物，現在一定已經豎起了耳朵。

「喔……應該是為了鎮成哥吧。他明年不是也要畢業了？姑姑應該是要來問怎麼準備就業吧。爸，你剛剛不是叫我去訂麵粉嗎……」

「就是說啊。她去擔心自己家兒子找工作的事就好，幹麼要管別人家兒子的婚事，沒人管閒事管那麼寬的啦。盛彬都已經開始上班好幾天了。她好像說她朋友的女兒是小學老師吧？還說她非常踏實，生活能力也很強……」

「爸！」盛夏放聲一吼，嚇得叔叔瞪大了雙眼。

但是已經太遲了，叔叔已經爆出了所有重點訊息，不需多做說明我也能夠理解。

「幹麼對爸爸大吼大叫的？」

「你，你沒跟我說要訂幾包麵粉啊。」盛夏瞄了我一眼，結結巴巴地說道。

「這有什麼好問的？妳第一次訂麵粉啊？」

碗很快就洗好了。我用圍裙將手擦乾後轉過身去。

「我先回去了。」

我鞠了個躬，叔叔也開心地笑著。

「我剛剛上來的時候，看到工坊裡客人很多耶。她真的很拚呢，我很少看到她休息。你也要多為媽媽著想，努力一點。你可不是普通的兒子啊。」

沒錯，您說得對。我絕對不是普通的兒子，所以我會誓死阻止家母跟令郎的交往。請叔叔您也讓令郎清醒一點吧。叫他去跟那個既踏實、生活能力又強的老師交往。我媽已經遍體鱗傷，別再傷害她了。

我把幾乎要脫口而出的這番話，當成剛洗好的衣服，逐一折好收納在舌下。我不知道自己在這裡打工到底對不對。真希望天上可以突然掉一筆鉅款，這樣我就可以帶媽去一個很遠很遠的地方。

離開店裡時，盛夏追上來抓住我的手臂。我想我知道這傢伙想說些什麼，所以連頭都沒回。

「你不要誤會。我姑姑本來就很愛管閒事，跟我哥一點關係都沒有。」

「朴盛夏。」我轉身對這傢伙微微一笑，「期末考考完要不要去約個會啊？」

盛夏眨了眨眼睛，一臉困惑。我居然在這種狀況下提起約會的事，這可不是為人作嫁的時候啊。但我現在寧可用這種方式讓這傢伙閉嘴。

她叫我不要誤會？我為什麼要誤會盛彬哥？這不是誤會，而是非常現實的狀況。這就是盛夏所謂的普通啊。所以，再多的話語也都只是惱人的雜音。

「我之後會告訴妳對象是誰。」

我甩開盛夏的手後，便走下樓梯。我想我沒必要去智慧工坊了。就像叔叔說的，我也應該為媽媽努力。就算動用所有手段與途徑，也要盡全力做到最好。

跟我說「沒關係」

我的名字叫餘暉。

有不計其數的人跟我說過，這個名字在語感和氛圍上很女性化。我曾經問過媽，為什麼要在這麼多名字裡選擇「餘暉」呢？

「我那天在醫院聽見了你的心跳聲，回來的路上，夕陽非常非常漂亮。我當時心想『原來天空也會染上這麼美的顏色啊』，心情很奇妙，就像第一次看到夕陽餘暉一樣。我呆站在那抬頭看天空，看了好一陣子。那一刻，我突然有個念頭，好想讓你也看看這麼漂亮的餘暉。後來，我就把你的胎名取為『餘暉』了。後來每天餘暉餘暉的叫，叫到你出生我也沒想到其他名字。」

想讓腹中的小生命看看那五彩斑斕的天空，這個念頭讓一個十七歲少女一夜之間決定以母親這個稱謂活下去。「一定要讓寶寶看到美麗的夕陽餘暉」的念頭，讓女孩破碎的心堅定了起來。

「餘暉」這兩個字對媽來說，既是新的生活，也是新的生命。就像是太陽再度升起的承諾一樣。母親決定心平氣和地接受降臨在自己生活裡的新生命。

聽了媽媽的故事後，我覺得餘暉這個名字非常珍貴。這不僅是因為那絢爛的光芒，有更多耀眼的東西在我心中擴散開來，譬如愛、奉獻，以及那股牢牢掌握生命的力量。

但是，我至今仍然搞不懂，為什麼要把這樣的犧牲完全歸咎為一個人的責任呢？我氣到不禁笑出了聲。

每當看見隨意倒頭昏睡的媽，我的心裡就一陣刺痛。想到崔智慧小姐獨自一人撐過了那段艱辛時光，我真的很心酸。我們現在終於算是能過上平靜的生活，心裡也踏實許多，卻又有人試圖擾亂媽的生活。我真的不知道在這種情況下究竟該怎麼做？

我已經困惑到想在路上隨便抓個人問了。

媽完全沒有提起盛彬哥的事，而我也沒有追問。忙著準備考試的同時，我還是緊張兮兮的，不知道媽口中會冒出什麼話來。

和媽一樣沒開口的還有盛夏，她只說「我們應該先專心準備考試」，並沒有提供任何與她哥有關的情報。

時光飛逝，期末考已經開始，兩天後考試就正式結束了。

◇

「考得好嗎？」東宇走近我的座位問道。

我這次考得還算不錯。腦袋越是複雜，就越是能找出足以阻隔它們的東西。此時扮演這個角色的正是「讀書」，我真是幸運。

「普普通通。」

那傢伙一臉驚訝的表情，讓我不禁苦笑。

「還是比不上某人吧？我好不容易才考出不拉低全班平均的成績耶。」

「過分謙虛也是一種裝喔。」

東宇拍了拍我的肩膀。我站起來收拾包包。今天沒有營養午餐，也不用補習。期末考只剩下三科，那些所謂「比較硬」的科目都已經考完了。目前剩下的都是一些只要看看筆記就會有分數的記憶科目。

當然，那些會被一分之差決定悲喜的頂尖學生應該會緊張到最後一刻，但我是已經整個放鬆了。

「要不要一起吃午餐？我請客。」

那傢伙轉過身看著我。他似乎並不為難，但我卻看不出他在想什麼。東宇臉上偶爾會出現一種令人費解的微妙表情，這種時候我總是會感到莫名的不自在。我說了什麼不該說的話嗎？

他的嘴角泛起了一抹尷尬的笑。

「好啦，但期末考還沒結束，我得要讀點書。午餐就等考完再……」

「要吃什麼？我突然好餓。」

東宇笑著轉過身。他真是個令人似懂非懂的傢伙，因為他很少提起自己的事。不過，我已經把約會的事告訴盛夏了。我當時確實是因為不想聽到一些有的沒的才一時衝動說出來。

但從另一個角度看，他們兩個說不定是天作之合。

我跟盛夏相處比跟那些男同學相處更加自在。

同理可證，東宇或許也能成為一個能與人交心又好相處的朋友。盛夏雖然太過毛躁，偶爾還有點機車，但她擁有一顆溫暖的心，總能讓身邊的人感到安心。

「好，去吃飯吧。一切都是為了活下去嘛。」

我環住了東宇的肩膀，他嚇了一跳，看來是又陷入沉思了。這傢伙總是習慣性地獨自陷入深沉的思緒裡。就算只是輕輕碰觸他的肩膀，他也會嚇得大抖一下。真不知道他哪來這麼多事可以煩惱。

「你幹麼老是這麼嚴肅啊？」

「我哪有嚴肅，我在想考試的事情啦。話說回來，這是第一次吧？」

東宇尷尬地笑了笑。

「我幾乎沒跟你在外面一起吃過飯耶，除了那天在中國餐廳以外。你喜歡吃什麼？」

我一下課就要馬上去補習，東宇也是一樣。又因為我週末要打工，沒辦法常常跟同學見面。要是東宇沒有來店裡，我們也不可能一起吃炸醬麵。

當然，我現在已經知道他來店裡並不是為了炸醬麵，而是一個始料未及的對象。

「喂，老實說。」

那傢伙滿臉問號。

「你不是想知道我喜歡吃什麼，是想問盛夏喜歡吃什麼吧？」

「你真——的很會看臉色耶。」

那傢伙噗哧一笑，把「真」字拉得好長。

我和東宇並肩離開了學校。

校門口的餐廳已經被身穿制服的學生搞得鬧哄哄的。看來大家乖乖回家，簡單解決一餐後卻還是無心讀書啊。晃了好幾趟之後，我的腳步停駐在一間速食店前。

我用半強迫的方式，讓堅持要自己付飯錢的東宇坐在椅子上。看他那連韓元十塊的人情都不想欠的性格，我似乎能理解叔叔為什麼會說我那種行為很討厭了，東宇這傢伙也真的是很機車。

我走向自助點餐機，點了兩個套餐和一份雞塊。店員像按下啟動鍵的機器人一樣急忙動作著。我轉身看著將視線投向玻璃牆外的東宇。

「哇！世界又活起來了對吧？」看著這傢伙，我不由得發出一聲讚嘆。

不管是在教室裡望著窗外、坐在司令臺上俯視操場，或是在走廊上走到一半、抬頭仰望天空時，東宇的眼神總是會變得空洞。他似乎不是十八歲的少年，而是八十八歲的老爺爺。

說好聽一點，是看透了人生，但從另一個角度看，又像是獨自背負著世間所有的苦惱。他開口閉口都是期末考，看來他對這次的成績非常不滿意。

有人會說，這不過就是個考試。但對學生來說，考試有時候可能是人生的全部。硬要說的話，在我們眼中那些大人覺得嚴重的事，都只不過是那樣而已。只不過是升遷、只不過是薪水、只不過是買一棟屬於自己的房子、只不過是愛情……

「三百二十七號貴賓，您的雙層烤肉漢堡套餐、起司漢堡套餐和雞塊好囉。目前有做活動，點雙層烤肉漢堡套餐就送 Kelly Green 徽章。贈品是隨機的，沒辦法選擇成員喔。」

我低頭看著托盤上那枚印著熟悉面孔的徽章。一回到窗邊的位置，東宇就虛弱地笑了笑。

「你在想什麼？」

我喝了一大口可樂。

「我沒有在想什麼。」

東宇咀嚼著炸薯條。學期初時，東宇都是獨來獨往，後來我們才漸漸開始一起行動，但他有時候似乎還是覺得獨處比較自在。

「咦？這是 Kelly Green 的子若耶。」

那傢伙喜孜孜地拿起了徽章。我本來以為他對偶像不感興趣，誰知道他一看到子若，眼睛都亮了起來。看來我對東宇有很大的誤會啊。

那一刻，我的腦海裡突然閃過一個念頭。

「你喜歡子若嗎？」

東宇尷尬地笑著，鼻子都皺了起來。

「我現在知道你為什麼要我把盛夏介紹給你認識了。」

就像媽說的，那位知名偶像團體成員和盛夏之間，有奇妙的共通之處。東宇或許就是迷上盛夏那一面吧。

什麼跟什麼嘛，這傢伙嘴巴講得一副好人樣，結果還是看上人家的外表？也對啦，他們兩個甚至還沒好好打過招呼吧？

我咬了一口漢堡，又喝了口可樂。

「對了！你最近還有去那邊嗎？」

「哪邊？」
「你不是說在我們那區嗎？就你常去的那間咖啡廳啊。」
「現在是考試期間，我打算考完試再去。」
「你真的很特別，居然還有固定光顧的咖啡廳。說真的，男生很少混咖啡廳耶。有這些錢幹麼不去網咖，或是去小吃店吃麵啊？」
東宇停下了手中的動作，用微妙的眼神看著我。
「怎樣，男生去咖啡廳很奇怪嗎？現在咖啡廳裡到處都是男生好不好。」
當然，這一點也不奇怪。畢竟大家都喜歡在咖啡廳聊天，不分男女。但是高中男生一窩蜂衝進咖啡廳的畫面，還是滿尷尬的吧？再說，怎麼會固定去光顧一間離家這麼遠的咖啡廳呢？
我是不知道他在咖啡方面的造詣深到什麼程度啦，但高中男生和咖啡廳？總覺得就像是吃鮮奶油蛋糕配泡菜一樣違和。
不過話說回來，這世界上可能也會有口味比較獨特的人，所以為了喝一杯好喝的咖啡遠道而來的男同學，應該也是存在的吧。
「你是咖啡控嗎？你會講究咖啡豆是巴西的還是衣索比亞，還會仔細確認咖啡油脂那種東西嗎？」

我認知中的咖啡就只有家裡的三合一即溶咖啡，所以對我來說沒有什麼比便利商店買一送一的咖啡更讚了。咖啡豆、咖啡油脂什麼的，都只是跟我毫無關係的項目。

「我也完全不懂這些。其實，我也沒有特別愛喝咖啡。」

東宇這句話，害我用嘴巴喝進去的可樂差點從鼻子噴出來。

我本來以為他是個會為了喝杯咖啡，不惜長途跋涉的咖啡控，但姑且不論香氣跟風味，他甚至連咖啡本身都不喜歡？那他為什麼非要跑來我們這裡呢？

「我不是講過嘛，我只是偶然跟那間咖啡廳的老闆混熟了而已。」

「怎麼混熟的？」

「老闆跟我是同一個論壇的會員。」

「什麼論壇？」

東宇沒有回答，只是咬了一大口漢堡。他可不是會狼吞虎嚥的人哪，難道他真的考砸了？這傢伙居然突然把氣出在漢堡上，太不像他了。

「喝點可樂再吃啦。小心噎到。」

我把可樂遞給他後，他點了點頭。

「你覺得什麼是普通？」

我無心的一句話，害東宇把可樂都噴了出來。真不知道他幹麼吃這麼急。

我把面紙遞給咳嗽不止的人。看他咳那麼久，想必是嗆得很嚴重。

「你沒事吧？吃那麼急幹麼？太不像你了吧。」

東宇搖了搖手。

他的意思是，他已經為狼吞虎嚥付出代價，所以別再說下去了。我們在聊普通，但他喝可樂的方式可一點都不普通。他咳得超劇烈，兩隻眼睛都充血泛紅了。

喝錯一口可樂，差點要跟死神手勾手去遊湖了。

「那你覺得什麼是普通？」他把問題丟了回來。

我的腦海裡閃過媽和盛彬哥的畫面。他們相差六歲。

沒錯，在這個年代，什麼事都有可能發生。事實上，男性年長六歲左右的狀況應該比比皆是吧？畢竟差一輪是基本，差距更大的也不只一兩對。媽比盛彬哥大六歲這件事，並不是什麼大問題。

不過，媽已經有了我，而盛彬哥有盛夏。身邊沒有一個人會贊成他們交往的。不管叔叔再怎麼愛打哈哈，要是長子愛上一個未婚媽媽，她還甚至有個和自己女兒同齡的兒子，他一定會誓死反對的。

我所擔心的，就是媽在這整個過程中受的傷和各種閒言閒語。

「這個問題的範圍太廣了。那你覺得普通的愛情是什麼？」

東宇咬著嘴脣，他的喉嚨似乎還在痛。

回頭想想，這個問題也是有語病的。何謂普通的愛情？愛情裡究竟有沒有所謂普通呢？

「愛情反倒是特別的東西吧？」東宇低頭看著可樂喃喃自語。

「特別？」

「不管是哪一種愛情，深陷其中的兩個人應該都會覺得是特別的吧？就算……」

就算什麼？我用疑惑的眼神與東宇對視。

「就算這是一段沒有人支持的愛情。不對，也許正因為這樣，才更加渴望彼此吧？就像羅密歐與茱麗葉一樣。」

我八成是覺得自己的真心話曝光了，胸口傳來怦怦的跳動聲。媽和盛彬哥也是這樣嗎？因為得來不易，所以才更依戀彼此，渴望彼此？

當然，這也不無可能。因為人類的心理就是外人越是阻止就越想去做，給他們一條康莊大道反而還會猶豫。

是怎樣，都已經這樣了，還要我大力支持媽跟盛彬哥嗎？

「怎樣？你有這種對象嗎？」

別說什麼受到反對的對象了，我連個像樣的異性朋友都沒交過。盛夏？我跟那傢伙比較像兄妹，而不是朋友。

可惜我從來沒有因為心裡有某個人而變得脆弱的經驗。

我臉上寫著「怎麼可能？」的同時，咬了一口無辜的漢堡並吞下去。

「那你幹麼突然問這種事？」

雖然我跟東宇越來越熟了，但我媽的對象不是別人，就是盛夏的哥哥耶，這種事我怎麼說得出口啊？當然，我並不能咬定他們正在交往，但媽發生了微妙的變化卻也是事實。

看她熾熱的眼神就知道，他們的親密程度已經不可同日而語了。

「我哥最近常常吹口哨耶。我媽覺得這都是因為他找到工作的關係。但是一個新進員工是能有什麼好興奮的啊？整天看人臉色跟做錯事，就是他的例行工作啊。」

讓盛彬哥吹起口哨的是公司，還是完全不同的東西，我無從得知。但要是盛夏覺得他反常，那就一定是真的。因為盛夏就是特別會察言觀色。

總而言之，東宇那傢伙連我跟媽媽只差十六歲都不知道，所以，我並不想多說。沒必要刻意隱瞞，但也沒有必要自己說出來。

「那你有類似的經驗嗎？」我問了個問題，試著改變氣氛。

「考完試以後，就麻煩你幫我安排約會了。」

東宇抿著嘴偷笑。

也對，他充其量只是個跟朋友吵著要認識女生的傢伙，怎麼可能經歷過禁忌的愛情。他喜歡知名女團，還要人家幫他介紹一個形象類似的女學生，就是個極為普通的十八歲少年罷了，我能對他有什麼多餘的期待呢？

「不要對盛夏有太多幻想。眼睛看到的可不是全部。」

「我知道我眼睛看到的並不是全部。」

走出門時，冷風正拂過樹梢。

期末考結束後，馬上就要開始放寒假了。升上高三的同時，應該就要忙著為上大學做準備了吧？我可能會離開沙寒，畢竟這個小城鎮裡，並沒有能稱為大學的地方。

同學們的目標是盛彬哥就讀的國立大學，但競爭可不是普通的激烈。那裡開往附近城鎮的校車系統十分完善，住在家裡通勤完全不成問題。不過，那些都得等我考上那所學校後再說。要是我考上其他學校，我就一定要自己租屋或申請宿舍了。

這樣一來，將會是我這輩子第一次跟媽分開生活。

「只要這段關係不會傷害到別人……」東宇朝我走近，弱弱地說出了這句話。

「傷害？」

那傢伙一臉尷尬，似乎是不知道怎麼解釋。

「難道是道德上有瑕疵嗎？」

「道德上？」

這次換成東宇反問我了。

「我是指外遇啦。不是喜歡未成年，或是單方面跟蹤那種的。那不是道德瑕疵，只是單純的犯罪而已。」

「對啊，只要不是這種事情就……」

「……」

「就跟我說句『沒關係』吧。因為當事人都是最難受的。世界上沒有不好的愛，除非那份愛傷害了別人。」

那傢伙沒繼續說下去，只是長嘆了一口氣。

「但可能會有痛苦的愛吧。」

我們互看了好一陣子。這張經常看到的臉孔，變得有如初次見面的人一樣陌生。明明是伸手可及的距離，此刻卻突然覺得好遙遠。包括那談論著愛情的嗓音、望向街道的眼神，以及讀不出情緒的表情等。

他的一切，今天都顯得特別生疏。我也不知不覺吞了吞口水。

「今天謝謝你，我吃飽了。先走囉，明天學校見。」

東宇拍拍我的肩後，便轉身離去。我看著他消失在人潮中的背影，看了好久好久。我覺得自己努力隱藏的祕密被發現了；而我似乎也觸碰了他不可侵犯的領域。

杵在原地一陣子後，我轉身朝東宇的反方向走去。

沒錯，世界上並不存在普通的愛情。只要不傷害別人，就沒有不好的愛。

——但可能會有痛苦的愛吧。

媽和盛彬哥之間算是痛苦的愛嗎？他們是絕對不可能一帆風順的。因為他們可能都會後悔不已，也可能只留給對方不好的回憶。

我去了其他城市，盛彬哥就會跟媽在一起嗎？他會幫在工坊待到半夜的媽收拾東西，幫她搬重物，或是在她生病的時候買藥給她吃嗎？他會做各式各樣的菜餚給食量小的媽媽？

我腦海中突然浮現了他們兩個對坐聊天的畫面。

身邊的人並不會坐視他們過上平靜的日子。要是狀況糟到底，說不定連我跟盛夏的關係都會生變。

當然，我們並不是羅密歐與茱麗葉那種關係，但是我現在恐怕必須面對「不要跟那個同學玩」，這種連小學時期都沒聽過的話了。

仔細想想，不平凡的東西難道只有愛情嗎？說真的，也沒有任何生命能被斷定為普通或平均水準吧。人生又不是那種整排長得一模一樣的公寓。也不對，近期的公寓只是外觀相同，內部可是天差地遠啊。連公寓都難以被評價了，更何況是要在人們的生命中計算什麼平均值呢？

但是，以上所有想法終究都只是煞有其事的理想。

光看班導就好了，他不也比較在意那些名列前茅的學生嗎？相反地，對成績未達平均的同學就不怎麼關心。如果用不一樣的標準來評價，應該就會產生截然不同的排名吧。

成績會低於平均，也是因為排名只聚焦在考試分數上。居然說他們是削弱班級平均水準的水果刀。老實說，水果刀連西瓜都切不開，要切木頭或鐵更是想都別想。

將只能切水果的刀子比喻為學生，這很顯然是言語暴力。

在其他方面高於平均的人真的很多。有些人有逗笑別人的本領或發達的運動神經；有些人有繪畫天賦或在舞蹈方面有過人的才華，什麼人才都有。基準與平均絕對不能斷定他們的成績，未來的事沒人能預料。

說不定他們並不是水果刀，而是能斬斷大樹的鐵斧，抑或是鋼劍呢。

從這個層面上說，我也沒必要用異樣或焦慮的眼光來看待媽和盛彬哥的感情。然而，這充其量只是個極度美好的幻想。因為看著他們兩個時，整片紅燈就會在我腦海中嗡嗡作響。

我用力搔了搔後腦勺。

媽和盛彬哥的感情中那種理性與現實的落差，已經是尼加拉瓜大瀑布等級了。我停下腳步，看著東宇消失的方向，喃喃自語著。

「如果那個人是我媽，是不可能輕易說出『沒關係』這種話的，你懂嗎？」

仔細想想，我的人生也早已告別平凡了。

我在電視劇裡見過無數個為了兒子的戀情而苦惱的母親。但是，究竟有幾個兒子會擔心母親的戀情呢？被取名為「餘暉」，是否也意味著我的人生不可能只有一種顏色？

想著想著，我不禁露出一抹苦笑。

一個獨自在街頭嗤嗤笑的高中生，看起來絕對不可能是平凡的吧？但管他的，被當成瘋子又如何？

我的腦袋距離瘋狂真的只有一步之遙了。我轉過身，往回家的方向走去。

◇

期末考總算結束了，高中的第二年就此被埋葬在過去。

一考完，所有同學便不約而同地發出了痛苦的哀號。有幾個人一如既往地忙著對答案。都已經交卷了，急著知道錯幾題幹麼？

總之，我心情很輕鬆。

我跟媽像平常一樣對話著，沒有談些什麼特別的。現在是考試期間，她會盡可能地避免刺激我。她在餐桌上聊的，只有新款髮夾跟線上銷售量小幅成長的話題。

我也沒有刻意跟盛夏聯絡。她說叔叔答應過她，如果這次考得好，就要幫她換手機。筆電應該是盛彬哥會送吧。

我傻傻望著窗外，教室一隅傳出了嘰嘰喳喳的聲音。我一轉過頭，就看到好幾個混混包圍著東宇。這些傢伙真是死纏爛打。

我離開座位，走到東宇身邊。

「喂！你們夠了喔。他不是說了不想告訴你們。東宇選的就都是正確答案嗎？那麼想知道去問老師啊。考試已經結束了，可以進教務處啦。」

只要考試一結束，平時不相往來的同學便會一窩蜂地湧向東宇。每一次，東宇都堅持保持沉默。

他想表達的是，他沒必要公開自己寫的答案，而他寫的答案也不見得百分之百正確。當然，東宇功課很好，他的答案有很高的機率是正確的。但他明明沒有義務分享答案，卻還是有幾個人不斷地來騷擾他。

「你長得一臉沾過麵粉的樣子。功課好了不起是不是？隨便你啦，臭小子。」

我火速拉開了揮向東宇頭部的手。剛開學的時候，就是這傢伙狠狠地踹了塊頭還沒自己一半大的東宇。

我從小就常常幫媽提重物，因此很難有人能挑戰我的握力。我一扭轉他的手腕，他就痛苦地皺起了眉頭。看來我的握力比他想像中還大，把他搞得很慌。

「你家裡沒鏡子嗎？先去照照鏡子再說吧。不要亂打人家的頭。你再打下去，手腕很有可能會斷掉喔。」

這群沒用的傢伙，只敢針對比自己弱的人。我大力拍了一下他的手腕，他臉上的血紅色馬上就蔓延到了頸部。

「好羨慕喔，一遇到危機就會有騎士出現。你們好好談戀愛吧，噁心死了。」

那群人留下一聲「嘖」之後，便轉身離去。

他們就是像狗一樣，死咬著一個莫名其妙的小辮子。

「你不要管那些王八蛋講什麼。」

我一把手放在東宇肩上，他就大大地抖了一下。不管裝得再若無其事，他心裡還是慌張的吧？他為什麼不那麼做呢？

那些粗暴地欺凌他的傢伙，又把他團團包圍住了。如果是那些全力準備這次考試的人也就罷了。這些人整個考試期間都在討論網咖跟線上遊戲啊。

不用看也知道，他們一定只是想把氣出在一個看起來好欺負的人身上。東宇轉身離開座位。看著他毫無血色的蒼白表情，我莫名有些心疼。

「你以後不用再事事為我操心了。」

我只是看不慣他只是因為弱小就被那些混混壓榨。東宇可能是擔心連我都會成為他們的目標吧，但我是誰？我可是天下無敵崔智慧小姐的兒子。

我沒在怕的啦。她可是正面迎戰世間坎坷的崔智慧小姐啊。這種媽媽生出來的兒子，怎麼會因為區區幾個小混混就退縮呢？

「不用擔心。」

「要是你因為我……」

「我們是朋友耶，我能袖手旁觀嗎？如果今天被欺負的是我，你會袖手旁觀嗎？」

東宇連忙搖頭。

「不會啦，我絕對……絕對不會袖手旁觀的。」

我撥了撥那傢伙的頭髮。

「對啊，我們是朋友嘛。」

燒腦的考試已經結束了。但是，眼前卻還有一堆令人頭疼的事情。

此時，我感覺到口袋裡的震動。不用掏出手機我也知道是誰打來的。現在是白晝驟然縮短的冬天，一年再過不久就要結束了。

夕陽餘暉在天空中蔓延的時間越來越短暫，黑暗的夜色急著向窗外襲來。

高速公路上

「我還是覺得我考不上那間大學耶。」

盛夏嘆了口又長又深的氣。

至於是因為炒年糕太辣，還是因為無法成為哥哥的學妹，就無從得知了。這傢伙一考完試就打給我，說她血糖過低，把我拉去一家甜甜圈店，連吃了五個一看就超甜的甜甜圈。

她說她吃了這麼多，心情還是很差，接著就把我高大的身軀塞進一個狹窄的投幣式KTV，唱到爆青筋，激動得都引起路人側目了。

她有好一陣子都獨自沉浸在自己的情緒當中，從舞曲、嘻哈、抒情，到演歌，連續唱了各種類型的歌曲後，才開始面露疲態。

但這還不是結束。

那傢伙強行把我拉去一間激辣炒年糕專賣店，只要吃一口，第二天就會跟馬桶合體。

「老闆，我要一份這邊最辣的『死亡之火』。」

期末考考砸確實很讓人難過。但我完全不知道自己為什麼得當她洩憤的對象。

也是啦，這難道是一天兩天的事嗎？重複發生好幾次之後，考試後響起的手機震動音，總會讓我自然而然地心驚肉跳起來。我超怕這傢伙又會拉著我到處跑。

「崔餘暉，怎麼樣？考試期間的緊張情緒有沒有舒緩一點啊？」盛夏一邊嚼著炒年糕，一邊問道。

「跟妳見面反而更緊張。」

才吃一塊炒年糕，我口腔就像著火一樣燙。當然，來這裡吃就是為了這份刺激。我已經迷上這種在冬天也能讓鼻梁冒汗的麻辣滋味。

「你很好笑耶，我還不了解你嗎？你一定又會因為考試提早結束，就乖乖回家把剩下的家事做好做滿吧。就把考完試的日子當成世界末日，好好玩玩吧。」

我多少也有察覺到。盛夏為什麼找我而不找自己的同學呢？因為這傢伙說的是事實。一考完試我就會習慣性地開始做家事。

不知道從什麼時候開始，我對媽做的家務完全不滿意。她要管理網路商城、教授工藝課程、構思ＤＩＹ產品，還要期許她把家事做好，根本是不可能的。

結果就是，我已經一步步養成了自己動手做的習慣。也或許因為這樣，現在我非得親自動手才會滿意。

媽媽打掃過的浴室，看不見的地方仍殘留著水漬；廚房瓦斯爐附近經常泛著油光。就算我一再跟她碎念說罐頭和玻璃瓶要分開丟，她還是會混在一起。

要不是盛夏，我早就把家裡大掃除好幾次，接下來，應該就是去超市準備晚餐食材吧。

考試期間我只吃了媽做的咖哩和即食的三分鐘蓋飯。至少她還為了我的健康，親手做了比較清淡的咖哩，要不然我房間想必會充滿泡麵和三角飯糰的包裝袋。

老實說，我並不覺得做家事有多難。媽說得對，我們是一個團隊。開開心心地做好各自能力範圍內的事，對彼此都好。

媽為了送我一件高單價羽絨外套，忙到把手指都磨破了，即便如此，她還是露出了世界上最開心的笑容，如果稍微辛苦一點就能讓媽更輕鬆，那我心滿意足。

這堪稱是同舟共濟的的團隊合作啊。

「對啊，我感激到都快哭出來了。」

當然我也不是不知道，這一切都是盛夏用考試壓力包裝的體恤。她希望我至少能在今天放下繁瑣的事務，盡情玩樂。

如果她想去KTV，想吃炒年糕，大可找其他朋友陪。雖然盛夏乍看像是個沒頭沒腦的小屁孩，但這傢伙的心胸跟叔叔一樣，既寬容又溫暖。

「崔餘暉，你真的要喔？」盛夏在我享用著加點的炸物時突然問道。

我反問她「要什麼？」時，她噘了噘嘴。

「你上次不是說要幫我安排約會嗎？」

她假裝沒興趣，看來還是默默產生了好奇心。也對，我講完那件事之後就馬上開始準備期末考了，根本沒機會好好跟她解釋。

「你應該只是隨便講講吧？也是啦，除了我之外，你根本就沒有好朋友啊，有夠扯的。」

盛夏用湯匙舀起炒年糕放進嘴裡。她的雙頰鼓了起來，就像隻貪吃的松鼠。

自從我國小六年級轉學過來之後，就一直和盛夏玩在一起。正因為如此，這傢伙是第一個知道我特殊家族史的人，而且工坊跟中國餐廳就在同一棟建築物裡，所以我們很常見面。

從第一次見面開始，她就非常照顧我。不管其他人怎麼說、怎麼取笑我，或是怎麼說我閒話，她都不在乎。

我並不是很怕生，但也不是個到哪都能跟人打成一片的人，所以沒有誰能稱得上是我的好朋友。最重要的是，我一放學就會馬上去補習，補完習又會直接回家。

洗衣打掃後準備晚餐，對我來說是熟悉的例行公事。所以，盛夏是唯一了解我私事的朋友。開始週末的打工後，我們更是整天膩在一起。

她不僅是我最好的朋友，也是能讓我完全敞開心扉的竹林。

升上高中後，我的生活並沒有太大的變化。截至目前為止，除了盛夏以外，跟我最熟的人就只有東宇了。我覺得自己跟那個從來不會問我問題，也不談及自己的冷漠傢伙，變得一天比一天更親近了。

我認為他是個很好的人，夠資格讓我介紹給盛夏。

「我要是沒朋友，會有人親自跑來我打工的地方嗎？」

盛夏吞下炒年糕，不可置信地瞪大了眼睛。

「搞什麼？你是說他喔？那個跑來店裡，臉很白的人？」

她的記憶力真的異於常人。

嗯，準確來說，他們見過兩次面。以盛夏的水準已經足以記住這個人了。而且東宇的風格應該也不至於讓人過眼即忘。

「幹麼突然把他介紹給我啊？」

應該是因為盛夏很像他喜歡的女團成員吧。但老實說，我還是滿意外的。以東宇的性格而言，他應該是不會拜託其他人介紹誰給他認識的。

不輕易對朋友敞開心扉的我，一直相信他也是同一類人。但是，東宇卻喜歡上了在路上偶遇的盛夏，還親自跑來店裡，代表他已經徹底迷上盛夏了。

難道是因為盛夏那股開朗的能量？

我倒也不認為這是唯一的理由。但無論如何有一點是確定的——東宇不會傷害任何人，也不會讓任何人難過。而且，他還很會讀書。

未來的事誰知道呢？說不定東宇能幫助盛夏成為哥哥的大學學妹呢。

「對啊，他好像對妳一見鍾情。所以，他在我們家附近見過妳一面後，就直接跑來店裡了。是東宇親口要我把妳介紹給他認識的喔。」

盛夏把空叉子咬在嘴裡，陷入了沉思。

她現在理當說出「我人氣真是高到爆」，或是「我這致命的魅力真是藏也藏不住」的發言，但不知道為什麼，她就像碰到解不出來的數學題一樣，深鎖著眉頭。

「他真的這樣說嗎？他叫你把我介紹給他認識？」

「對啊，我也覺得很神奇。這世界上還是存在著不少口味多樣化又獨特的人呢。」

空氣莫名地安靜。

是什麼事讓她在這種狀況下，露出特有的銳利眼神？

「所以他那天來我們店裡也是為了我？」

我用指尖戳了戳盛夏的眉間。

「他可是為了拜見尊貴的閣下，親自移駕至此啊。」

盛夏的反應比我想像中冷漠許多。

我以為她會因為對方是我的朋友，就好奇得直跳腳。難道她對東宇的第一印象不好嗎？還是他跑來店裡的行為，讓盛夏有抗拒感？

也對，不管我跟盛夏有多熟，終究是男女有別啊。看來是我把盛夏想得太單純了。

「他看起來是有點冷漠，但是個性很好，還很會讀書喔。怎樣？沒興趣喔？」

盛夏轉了轉她那黑色的眼珠子。思考了一會後，她用炸物沾了一大坨炒年糕湯汁。

「那個叫東宇的，除了你以外還有很多朋友嗎？」

炸花枝喀滋一聲，在盛夏嘴裡碎裂。

「他跟我差不多。」

「那根本邊緣人耶。」

「沒那麼誇張啦。」

「你們什麼時候混熟的？」

「升高二之後。」

「怎麼混熟的？」

我不忍心把東宇被小混混欺負的事告訴她。

話說回來，這傢伙到底要不要約會啊？跟審問嫌犯一樣打破砂鍋問到底是怎樣？再問下去，那傢伙連親屬關係證明都得挖出來了。

「妳不願意就算了，問那麼多奇奇怪怪的問題幹麼。我連怎麼跟東宇混熟，都要一一跟妳報告嗎？他個性很好，不會裝模作樣，那種等級的顏值帶出去也不會輸人哪。而且他雖然看起來有點弱，但是妳超強的啊。」

我喝了一大口水，莫名其妙把肚子搞得很漲。吃完炸物後，盛夏胡亂擦了擦嘴。

這傢伙跟我不一樣，她很喜歡與人接觸。即使對方不能成為她男朋友，我相信她對我介紹的人還是會有興趣。

自從我進入男校開始，她就很認真地跟我說一些很誇張的話。例如要我把學校裡條件不錯的男生列成名單交給她。但就算我真的推薦了不錯的同學，她還是一臉不滿意。

總覺得很不爽，好像被拒絕的是我一樣。

「不是，我第一次見到他的時候……」

盛夏咧嘴一笑，沒再繼續說下去。

「──好吧，約哪天？」

終究都要答應的，幹麼在那邊吞吞吐吐的？

他們兩個真的要見面了，我心情好微妙。被我摸透透的傢伙，跟那個我其實完全不了解的傢伙居然要見面了。這大概就像是熱水與冷水混合的感覺吧？不同的溫度混合在一起，是會暖得恰到好處，還是涼得馬馬虎虎，見一面就知道了。

「我把妳的手機號碼給東宇吧，你們兩個自己約。」

「東宇有在用社群網站嗎？」

仔細想想，我們從來沒聊過社群網站的話題。我連個帳號都沒有。因為我對別人的私生活完全沒興趣，也完全不想公開自己的生活。看別人吃了什麼、去了哪裡或是讀了什麼書，都是在浪費時間。

我寧可拿那些時間來做家事。

「我也不知道沒問過。他好像有在論壇上活動，妳自己問他吧。」

「喂，你們真的是朋友嗎？」

關注社群網站，並分享彼此的日常生活，才是真正的朋友嗎？我也不知道盛夏的社群網站，即便如此，我們兩個的關係還是跟以前一樣。

唯一不同的是，她的性格變得越來越偏激。盛夏在煩惱什麼、想要什麼、想吃什麼，和朋友看了什麼電影，我聽的都是現場直播。

每到週末，我們就會在店裡待上好幾個小時，和那些常使用社群網站的朋友相比，我對盛夏的了解可能比他們詳細好幾倍。至少她不會在社群網站上傳「我今天終於拉出積了三天的屎」這種話吧。

從甜甜圈專賣店到激辣炒年糕店，我們混在一起一整天，她跟我聊的只有期末考考砸、能上的大學有哪些，和補習班講座等話題。最後卻突然提起約會的事。

太陽早已不見蹤影，夜色搶先藏進了巷弄裡。

我還以為她至少會提起盛彬哥一次。

以盛夏的個性，就算是考試期間她也會問個幾句。她之所以還保持沉默，是因為連她都無法定義他們兩人的關係。這或許也意味著這段關係比想像中還深沉，所以她問不出口。

我很害怕，不知道盛夏會說出什麼話來。

我們用巧克力緩解口中的刺痛感。我覺得胃快燒起來了。據說辣是痛覺而不是味覺。

愛情常被比喻為香甜的巧克力，但真正的愛情說不定是死亡之火炒年糕的味道。愛情會永遠甜蜜嗎？會不會越愛越刺痛，心裡越難受呢？

即便如此，人們還是會像上了癮一樣，挑戰那令人刺痛的味道。就算吃完就會後悔，腹中只留下滿滿的灼熱感也在所不惜。

從頭甜到尾的巧克力，根本無法和愛情相提並論。

「愛情反倒是特別的東西吧？」

正如東宇所說，所有的愛都是特別的。

畢竟沒有人會去計算愛情的平均值或追求平凡的愛情。即便只是週末看場電影，晚餐後各自回家的普通約會，對於墜入愛河的人們來說，那依然是世界上最特別的一天。

從這個層面上說，東宇對愛情的定義似乎是對的。

但是，就算所有的愛情都是特別的，應該還是有相對安穩的愛情和加倍艱難的愛情吧？

「你在想什麼想得那麼認真？」盛夏問道。

我把手伸進夾克口袋裡。

「——你覺得什麼是普通？」

這是我不久前問過東宇的問題。雖然他當時噴可樂噴到沒辦法回答我。平凡、普通、平均值等詞彙，這陣子一直縈繞在我腦海中。

仔細想想，我跟媽只差十六歲。如果是在古代，這完全不構成問題。因為那個年代的人，二十歲之前就會結婚，也會很早生孩子。但過去被認為理所當然的事，在現代卻是不正常的。

同樣地，現代人認為沒有任何問題的那些事，在過去卻曾經有過極大的爭議。誰知道現在這些看起來很古怪的事，未來會不會變成理所當然的呢？黑人當上總統，女性在政商界發光發熱的現今世界，是一百多年前的人們難以想像的。

不，不需要捨近求遠。光看我媽就知道了。

媽生下我的時候，身邊的人看待未婚媽媽的眼光冷漠至極。他們把所有責任推到一個人身上，大肆對「學生產子」這件事進行無知的譴責。雖然現在依然會有傷害她的人，但和過去相比，願意分享溫暖關懷的人也越來越多。不將新生命的誕生歸咎於任何一方，而是對雙方追究同等責任的世界，一定也會到來。那才是符合常理的，平凡的世界啊。

「你之前不是也說過一次嗎？平凡的生活啊，普通的人生什麼的。」

耳邊傳來盛夏的聲音。

「我也有思考過這個問題。這不就像是在高速公路上開車一樣嗎？」

「在高速公路上？」我轉過頭反問道，盛夏則緊抓著包包的背帶。

「那是一條平坦的道路，只要直走就可以通過收費站。但是在找到收費站之前，不能隨便改變方向，也不能調頭啊。正因為這條路又方便又快速，所以一旦走上這條路，就沒有太多選擇了。」

盛夏說這些話時，表情有那麼點不一樣。難道她是在思考什麼深奧的東西？

「我覺得這就是人們想要的。他們想要開在一條沒有起伏、沒有障礙物的平坦道路上。讀一間好大學，選擇有利於求職的科系，進入大企業工作。幾歲結婚，幾歲生小孩，什麼時候買房子，都是按照已經完美模擬過人生來走的。無條件選擇走平坦的高速公路，不考慮其他途徑。這是最安全也最快的。」

「可是，這樣就……」

「我懂，我之前跟你說過啦。現在只是沒有高速公路可以走而已，即使勉強開上這條路，它也不會像以前一樣，乖乖把你帶到目的地。」

世界上的平凡與普通正在漸漸消失。理當視為平均值的東西，以及理當設為基準的法則，也都不知不覺瓦解了。

這有時值得慶幸；有時又是不幸。

只憑學歷就能成功的時代已經過去，但是過去所謂能夠成家生子的平凡人生，卻也變得遙不可及。

「我從來就不覺得有什麼平凡的人生。」

盛夏的嘴角掠過一絲苦笑。

「對自己的生活滿意、覺得幸福就是一切了嗎？不走那所剩無幾的高速公路，跌跌撞撞地開創自己的路，也是一種方法啊。」

即便我是未婚媽媽的兒子，不知道父親的存在，對我的生活也沒有任何影響。雖然經濟狀況不寬裕，但媽一直在我身邊，我們也在各自的崗位上全力以赴。

我們不僅是彼此的家人，亦是好友。只要不傷害別人，正直地度過每一天，那便是正確答案，便是幸福。

從這個層面上來說，被設定好的平均值對於其他人來說，毫無意義。

「說得好，朴盛夏。」

我撥了撥盛夏的頭髮。

平常總是會瞪大眼睛說「我是狗嗎？」的她，現在卻莫名地乖巧。

我之所以會突然叨念起普通或平凡，而盛夏之所以會為這句話做出精準的解釋，應該都出自同一個原因。但是誰也沒能輕易說出口。

我們之間陷入了尷尬的沉默。

我刻意笑著說道：「萬一見到東宇，妳可不要說些奇奇怪怪的話喔。」

「什麼話？」

「類似『早上排便順暢』之類的啊。我是已經打了強力預防針，所以可以輕易克服妳的病毒啦，但是那傢伙可完全沒有免疫力。他受到衝擊會馬上崩潰的。所以，拜託妳對他溫柔一點。」

在幫忙介紹異性朋友時，中間人通常都會比較擔心女方。但我總覺得東宇的人身安全堪憂程度是盛夏的數倍之多。真不知道這種狀況是不是該慶幸。

「受不了你耶，把我當白痴是不是？」

一個快拳擊中我的側腰——就是因為這樣我才擔心東宇。

突如其來的拳腳搞得我一下子喘不過氣來。我之所以不害怕學校裡的小混混，就是因為自小奠定的紮實基礎體能，以及日益健壯的體格。

盛夏個頭雖小，但長時間端著沉重的托盤，把她的拳頭鍛鍊得跟死亡之火辣炒年糕一樣致命。

不斷襲來的重擊讓我不自覺發出慘叫聲。

「我會擔心東宇就是因為妳老是這樣啊。那傢伙可沒我那麼耐打。」

「女生再怎麼說也要顧形象耶。怎麼可以毆打柔弱的男生呢？女生是絕對不會這樣做的。」

盛夏這句話讓我停下了腳步。

「喂，我不是男生嗎？」

「你算什麼男生啊？你只是餘暉而已。」

盛夏拖著緩慢的步伐走著。

對啊，我只是餘暉而已——崔智惠小姐的唯一的兒子崔餘暉。而那傢伙也只是朴盛夏而已——坦率到令人壓力山大，攻擊性過強，想法偶爾深奧得令人驚訝的，我的女性友人。

我叫她等等我，她卻對我吐舌頭。看來她還把自己當成小學生哪。她只是個子長高而已，個性從以前都現在都沒變過。我朝她走近，與她並肩同行。盛夏住的公寓距離我家並不遠，我們在同一棟建築物裡工作，住處也都集中在周圍的公寓。

「啊，真希望趕快放假。」

「放假前會先出期末考成績耶。」

我輕鬆躲過了再次襲來的拳頭。突襲這種東西，一次就很夠了。

手機螢幕上已不知不覺顯示出八的數字。我們到底在KTV花了多少時間啊？也是，只唱一兩個小時是不足以讓我頭疼的。

「東宇功課很好。他可不是稱霸全班，而是稱霸全校啊。我也不是硬要誇他啦，我只是想說，他絕對不是那種會帶給妳負面影響的人。而且，他的個性很謹慎沉穩，那種人會要我介紹妳給他認識，表示他對妳真的超級有興趣吧？如果你們在一起的話，他真的會對妳很好喔。」

盛夏轉身面向我。

一陣風吹來，輕輕拂過那傢伙的長髮。落葉在空中邊畫著圈邊落在地面。

「老實說，我覺得東宇……」

此時，遠方有人喊著盛夏的名字。

我們一轉身，便看見一張熟悉的臉孔從黑暗中朝我們走來。那個穿著俐落正裝，將頭髮梳理得整整齊齊的男人，便是盛彬哥。

「哥！」

開心也只是暫時的，盛夏斜眼觀察著我的反應。

平常的我應該也會和盛夏一樣開心，天花亂墜地說「你超適合穿西裝」或「你穿西裝有點帥喔」。

但是，我不能再這麼做了。我甚至不知道該用什麼表情面對他。

「我先走了。」

我很清楚自己這是幼稚的小孩子脾氣。

他們兩個根本還沒正式開始交往，即便如此我還是無法不埋怨盛彬哥。他可不能如此玉樹臨風地出現啊。公司裡應該有很多和他年紀相仿的員工吧。他們可是一起談工作、一起聚餐的同事耶。

一想到這裡，我火就上來了。

我為什麼連盛彬哥的職場生活都要煩惱啊？我為什麼要去擔心、懷疑這些呢？

「餘暉。」

我加快了腳步，努力假裝沒聽見。就在此時，我感受到有隻手急忙抓住了我的手臂。我粗暴地擺脫那與盛夏截然不同的握力。但是，慌張的反而是我。

我很埋怨盛彬哥，但從來不曾對他做出失禮的行為。我將視線投向站在遠處的盛夏。她俏皮的眼神已消失無蹤，雙眸滿是怨懟。

盛夏轉身踱步離開。真是個懂得察言觀色的傢伙。她相信自己的離開對我和盛彬哥都好。

「等一下、等一下，給我一點時間。」

他想說什麼？他跟媽說了什麼？媽到底是怎麼跟盛彬哥說的……

那些不敢大聲說出的話，消散在空氣中。

我漫步在被黑暗籠罩的道路上。

我不知道自己要去哪裡，也不知道自己為什麼沒回家，而是漫無目的地走，信步而行。

此時，身後傳來一陣陌生的皮鞋聲。

智慧小姐

已經十二月了。附近的公園裡，只有乾燥的風悠閒地盪著鞦韆，前後搖晃的嘎吱聲顯得格外寂寥。

在這寒風凜冽的冬夜，沒人來公園玩。遠處的商店已經在忙著準備年終大特賣。每片玻璃牆上都閃爍著紅色和藍色的小燈泡。

啪噠啪噠的皮鞋聲，將我的視線帶向了足尖。腳步聲一停止，我的眼前便冒出了一罐咖啡。

「你和盛夏在一起的時候，好像喝過這個。」

我一抬起頭，便看見一個熟悉的咖啡品牌。看來盛夏那異於常人的記憶力，是像她哥啊。我和盛夏某次從便利商店走出來剛好遇到盛彬哥，當時我手裡拿的就是這罐咖啡。

「趁熱喝。」

我緊握著盛彬哥遞給我的咖啡。好溫暖，溫暖到幾乎要融化我冰冷的手。

盛彬哥說要去咖啡廳，我拒絕了。

和他相對而坐，到底能聊些什麼呢？我討厭人多的地方，光是想到坐在密閉空間，我就會呼吸困難。我討厭死寂的氣氛，也不想說出那些還沒消散在空氣中的話。

我不想在明亮的燈光下直視盛彬哥那雙黑白分明的眼睛。

盛彬哥默默地跟著在我身後。駐足之處，是空無一人的公園，三盞路燈中有兩盞沒有亮。這讓我鬆了口氣。看不清盛彬哥的臉，就能輕鬆隱藏自己的表情，我只覺得真是不幸中的大幸。

盛彬哥小心翼翼地在我身邊邊坐下。

空無一人的公園裡，只有兩個人高馬大的男人坐在長凳上。

我一直很好奇，人們為什麼要抽對身體不好的菸，喝只有苦味的酒，而現在我似乎懂了。因為人生在世，時常會發生一些理智無法承受的事情。

我突然好希望自己手上拿的不是罐裝咖啡，而是燒酒啊。

盛彬哥盯著黑暗的空氣看了好一陣子，似乎不知道該從何說起。不知道為什麼，他的沉默反而讓我比較自在。

要是他講出「你年紀還小不懂事」這種話，我搞不好會讓他見識一下，我那還沒在那些小混混身上測試過的「膽識」。

盛彬哥什麼話也沒說，始終保持沉默，直到罐裝咖啡都涼了。

「剛開始……說不驚訝是騙人的。」

他的視線落在腳尖，風吹過的地方還殘留著淡淡的皮膚氣味。

「智慧小姐竟然是你媽媽。你可是盛夏的朋友啊。」

盛彬哥口中的「智慧小姐」這四個字，陌生得令人毛骨悚然。就像是個完全沒聽過的名字，既生疏，又違和。

智慧小姐是我在叫的。

因為比起「媽媽」，「崔智慧小姐」更適合她。即便如此，我口中的崔智慧小姐與盛彬哥口中的智慧小姐，似乎是完全不同的兩個人。

就算我稱呼媽為「智慧小姐」，她對我來說仍然只是母親而已吧？然而盛彬哥……他口中的智慧小姐，百分之百是我不認識的媽媽。

「當時是自然而然地聊到的。畢竟你和盛夏同年，還讀同一所學校嘛。」

當時是這樣開始的。

兩人聊著兒子的學校生活和妹妹的煩惱。在胸針上穿珠子、黏水鑽的同時，擔心著青春期的兒子和話突然變少的妹妹。

盛夏出生的那天，盛彬哥記得非常清楚。當時盛夏真的太小，盛彬哥連她的手指頭都不敢碰，而盛夏卻用她小小的拳頭，用力抓住了哥哥的手指。

年幼的哥哥並不知道這是新生兒的本能，心潮澎湃，淚流滿面。

「盛彬，你當哥哥囉。」這一句話，在他小小的心靈裡種下了溫暖的火種。「我也有要保護的東西了」這種想法，以及「需要我照顧的妹妹誕生了」這份喜悅，讓男孩心臟狂跳。

「後來，智慧小姐也說了自己的故事……」

媽用一貫的開朗嗓音說著。

她平靜地道出自己的故事，就像談論前一天看過的電視節目，或是描述綜藝節目的某個場景。說起來是輕鬆，但媽過去的人生可不像畫面中一般歡快。那絕對不是個讓人能邊聽邊呵呵笑的故事。

媽從不談論自己的事情。然而，她卻唯獨對盛彬哥拆掉了那堵厚實的牆。在媽心目中，盛彬哥是讓她自然而然地想吐露真心話的人；也是她情不自禁想要傾聽的人。

我也是一樣的，雖然在學校裡和許多人有交集，卻唯獨把視線停留在東宇身上。

「所以，你覺得心疼嗎？」

我想問他那是不是廉價的同情，但或許不是。如果是的話，媽會第一個發現。她會毫不保留地說出自己的故事，一定有其他理由。盛彬哥身上應該有某樣東西打開了媽的心房吧。

即便我都明白，也都察覺到了，卻還是非要在盛彬哥的胸口釘上一顆尖銳的釘子。

「我憑什麼心疼她？」盛彬哥自言自語般地呢喃著，「她太了不起了，她太堅強，太優秀，與她柔弱的形象完全不同。這是我唯一的想法。」

如盛夏所說，已經五年了。如果盛彬哥在媽身邊打轉的這段時光只是單純的好奇，他早就筋疲力竭地轉身離開了。更何況是身處在這輕易交往，又輕易分手，連愛情都變得速食的時代。

儘管如此，我還是有個疑問。為什麼偏偏選上我媽呢？

「我就老實跟你說吧。」

盛彬哥並沒有逃避我的視線。他看著我的眼睛，似乎是要我了解他的真心。一年過去了，盛彬哥依然是個年輕俊美的青年。我從來沒有想過，盛彬哥的青春正茂會帶給我這麼大的不安，讓我感受到一股未知的焦慮。

「我確實很難過。智慧小姐當時比現在的盛夏還年輕啊。一想到這點，我就不自覺地……」

盛彬哥的聲音微微顫抖。我突然想起了他看到妹妹受傷時落淚的畫面。

「一定很難受吧？」、「一定很痛吧？」盛彬哥可能不知道自己是個看見別人受傷，就會跟對方一起痛的超強共感人吧。共感和同情是不一樣的。如果同情是遠觀，那麼共感就是靠近對方，擁抱對方。

「為什麼要選我媽？這對你們兩方來說都很辛苦啊。」

我們之間陷入了沉默。

我以為我們會聊很多。我以為自己會進入未知的成人世界，聽見與愛情相關的確切解釋。我用力打開瓶蓋，咖啡苦澀的香氣隨著開罐聲散發出來，涼了一半的咖啡流進了喉嚨。

考試期間，媽跟我說了很多有的沒的。

那是高二的最後一次考試，而我則是個敏感的青春期兒子。媽若無其事地開了一堆肉麻的玩笑，然而這樣的她卻無法輕易向我透露自己和盛彬哥的關係。

媽並不是突然向盛彬哥敞開心扉的，而是從以前開始一點一點地慢慢敞開的。我畢竟是她最親近的人，也早就發現他們兩人正在一步步向彼此靠近。

我只是裝作不知道而已。

我本來心想，還是別自找麻煩為妙，內心暗自期待他們過一陣子就會回到各自的位置。但回頭去想只覺得自己可笑。

我所認定的「兩人的位置」究竟在哪裡呢？

「我對人心，真的不是很敏感。」

盛彬哥苦澀的笑，隨著晚風襲來。

「當我發現心情有點不對勁的時候，已經太遲了。」

我不懂他所謂的「太遲」是什麼意思，畢竟我從來沒有經歷過。但是，我發現了一件事。那個「遲」並不是後悔，而是開始。

盛彬哥沒想到自己會愛上崔智慧這個女人，媽想必也沒料到自己會在十七歲那年就生下孩子吧。當她覺得有哪裡不對勁時，我已經出生了，而媽的新生活也就這麼開始了。

從這個層面上來看，最能理解盛彬哥口中的「遲」這個概念的，就是我媽了。難怪人們常用「墜入」這個動詞來修飾「愛情」。如果戀愛就像是掉進一個不見底的洞，那麼終點會是什麼，在掉進去之前是完全不得而知的。洞底究竟會是柔軟的羽毛被，還是堅硬的木板呢？

「我媽也是這樣嗎？」

盛彬哥沒有回答。但我知道，沉默就是答案。

「我知道這個狀況不是你能輕易接受的。站在你的立場……」

「我從來沒想過我的立場。」

我從來不曾把媽的戀人與父親放在同一條線上。因為我覺得沒理由，也沒必要這麼做。我只要對方是個不會傷害媽的人。希望他是個能讓媽安心的對象，別讓身旁的我擔心。

「我是從小看著媽孤軍奮戰過來的，所以我希望她現在可以過得輕鬆一點。」

盛彬哥的雙眼漸漸地看進了我的心裡。

「如果你媽跟某人交往，你就不會再擔心了嗎？有人陪在她身邊，你應該就能安心了吧？」

面對對方的反覆提問，我依然找不到答案。

如果對方年齡跟媽相仿，她看起來會比較輕鬆嗎？如果對方經濟實力雄厚呢？如果對方人生經驗豐富呢？如果對方是內心有傷痛的人呢？如果對方擁有以上所有條件，我還會像現在一樣擔心嗎？

或許，我仍在尋找平凡。類似「對一位三十四歲的母親，或是育有十八歲兒子的女性來說，至少也要搭配一個這樣的男人」這種通俗的觀念。

假設媽選擇的，並不是一個連像樣的戀愛經驗都沒有的二十八歲男子，而是我想像中那種人生經驗較為豐富的人……即便如此，也不能保證這樣的選擇與媽的幸福有直接關係。

或許結局反而會更加悲慘，更加痛苦。

「這不就像是在高速公路上開車一樣嗎？」

就像大人總希望我們考上好大學，進入像樣的企業工作一樣，我也希望媽能行駛在高速公路上。原因只有一個。

「至少有一點是確定的。」

這決絕的一句話，讓盛彬哥眼神閃爍了起來。

在這之前，他的表情未曾有任何變化，這或許正意味著他對媽的心意十分堅定吧。就算盛彬哥的心意堅若磐石，這世界也絕對不是用堅定的決心就能解決一切的。

「我希望她不要被身邊的人講閒話，不要被那些廢話傷害。我媽沒理由去承受這些。」

我想說的是，盛彬哥的真心並不是一切。對媽來說，我才是唯一的家人，而他並不是。當一切浮出水面時，叔叔和阿姨會有什麼反應呢？

「我進男校的時候，盛夏最常跟我說的話就是『介紹男生給我認識』，你身邊應該也很多吧？」

耳邊傳來叔叔的大笑聲。

「就是那些介紹好對象給你的人啊。他們會介紹那種既踏實，生活能力又強的對象給你。」

「餘暉，我絕對不會……」

我想說的就是這個。盛彬哥沒能說完的話語中，蘊含了多少人的期待和渴望。而最了解這一點的，就是盛彬哥自己。

連我都忍不住苦笑了。我怎麼會煩惱這種事情呢？崔餘暉的人生，離平凡實在太遠了啊。

我朋友的哥哥，某一天突然以媽媽男友的身分登場。在這種狀況下，我可沒辦法像那些小混混一樣嬉皮笑臉地說出「祝你們永浴愛河喔」這種話。

而且我也多少能理解大人的想法了，我明白他們那麼想把我們送上既快速又好走的高速公路，到底是為了什麼。

現在思考這個是不是太早了？我該煩惱的應該是異性朋友的事，而不是我媽吧？

週末跟女朋友一起看電影，造訪電視上介紹過的餐廳，在燈光美氣氛佳的咖啡廳談情說愛，才是我現在該做的事吧？這種反客為主的狀況已經持續好一陣子了，但我卻無能為力，只能祈求最壞的結果不會發生。

十七歲就當媽媽的崔智慧小姐，想必也和我一樣吧。眼前的狀況非常脫序，卻無能為力，只能在這樣的環境下拚命……

「我知道我不值得信賴。我也知道自己有很多地方不夠好，一副傻乎乎的樣子。」

如果盛彬哥真的不夠好，還一副傻乎乎的樣子，那我倒還比較安心。但是現在的盛彬哥已經是個人見人愛的優質好男人了，這點，光看他對我的態度就能感受到了。

他既沒有對我說教，也沒有倚老賣老。只要跟盛彬哥交談過就知道，他是個心胸寬大、體貼入微的人。就是因為這樣，媽才會對他掏心掏肺，對他吐露那些不曾告訴任何人的痛苦過去吧。

「我會這麼說，並不是因為不信任你。」

未來是無法預測的，愛情也是一樣。沒人知道結局會是什麼。就算有那麼百分之一、千分之一的機率，媽因為盛彬哥而受到了傷害，那也是媽得去承受的。

我擔心的只有一件事。

「叔叔跟阿姨還不知道吧？」

在還沒開始之前就被一些不相干的人指指點點，實在是太可怕了。我不知道他在叔叔和阿姨眼中，是多麼優秀的兒子，但在我眼中，盛彬哥只不過是我朋友的哥哥，普通到不能再普通了。

「那你現在就告訴他們吧。」

聽到這句話，盛彬哥眼神一陣閃爍。

「怎樣？你不願意嗎？」

我喝了口冷掉的咖啡，掠過喉嚨的咖啡格外苦澀。一用力，鋁罐便喀滋一聲被壓扁了。我胸口也傳來了類似的聲音。

夜越來越深，風也變得冷冽。盛夏害我一點家事都沒碰，我還要打掃浴室跟玄關呢。而盛彬哥，則是害我連超市都沒去成。我得去買明天早餐要吃的麵包，而且起司也已經吃光了。他們居然浪費了我一整天的時間，我跟這對兄妹到底有什麼孽緣啊？

看來我是該回家了。我拿著癟掉的咖啡站起身來。

「謝謝你的咖啡。」

不過，這段時光也讓我有機會一窺盛彬哥的內心世界。更慶幸的是，他的內心世界裡毫無一絲虛假，既真心，又誠懇。盛彬哥果然是個離平凡很遙遠的人啊。

幸不幸福，或許只有他自己知道吧。

「我先走了。」

正要離開，便聽見身後傳來他的聲音。

「我會的。我會告訴爸媽的。」

我轉身面對盛彬哥。

「我只是覺得，在告訴他們之前，必須先和你談一談。」

我想我知道盛彬哥眼神閃爍的原因了。他和我應該在為同一件事情焦慮。他怕媽會因為他而受傷；他怕媽被人指指點點。他得做好心理準備，要是真的發生這種事，那張好看的臉上可是會多幾道疤的。

我再次轉身，離開了公園。

「世界上那麼多人，為什麼偏偏要選她？有什麼好放不下的？你覺得這合理嗎？她兒子和你妹妹同年耶。就算你太單純，什麼都不懂好了，怎麼……」

尖銳的幻聽像針一樣刺痛全身。

我不愛看電視劇，連一般的愛情故事都不太讀，不知道這些聲音怎麼會那麼清晰，那麼明確。

這時候，口袋裡的手機響了。我下意識地掏出手機，一個熟悉的名字在螢幕上閃動著。

——兒子，你在哪？

「我還能在哪咧？·崔智慧小姐。」我喃喃自語著。

——我在家附近，快到了。

按下傳送鍵後，我把手伸進外套口袋裡。就是媽前陣子送我那件，要在中國餐廳剝上百上千顆洋蔥才買得起的羽絨外套。

它很貴，也夠暖，有穿跟沒穿一樣輕盈。看來媽已經預料到，今年冬天我的肩膀會特別沉重。她可能是想多少減輕衣服的重量吧。她的好意我很感激，但是真的一點用都沒有。

即便穿著像羽毛一樣輕的外套，我也沒心情挺起下垂的肩膀。我的雙腿就像是綁了沙袋一樣，步履蹣跚地朝家的方向走去。

我一打開玄關門，媽就整個人彈了起來。看她的表情，應該是已經從盛彬哥那邊收到消息了。

「智慧小姐。」

我腦海中突然浮現了盛彬哥叫媽的聲音。那和我半開玩笑地叫好玩的感覺完全不一樣。他叫「智慧小姐」的聲音、語感、眼神等，都和我截然不同。

因為盛彬哥打從心裡明白，這個人不是誰的母親，而是「崔智慧」這個人。

「晚餐吃過沒？」

「我和盛夏一起吃的。」

我竟然跟盛夏一起吃晚餐，跟盛彬哥一起喝咖啡。我打工的地方還是他們兄妹的父親經營的中國餐廳呢。

我和朴家之間會是天長地久的良緣，還是歹戲拖棚的孽緣呢？一切還是個未知數。

「餘暉。」

媽緊咬著下脣。即便是聽到大人說她「小孩帶小孩」，媽也敢大膽頂嘴。她連挑選一顆小珠子都不馬虎，面對看不起她年紀小的人也絕不氣餒。

當時的媽，有著跟世界拚輸贏的氣魄。

她應該是覺得，沒了氣魄，就無法跟年幼的兒子生存下去吧。但是，我記憶中的媽總是很從容，不管發生什麼事，都會一笑置之。雖然我不知道她在我沒有看見的地方，是不是流了很多眼淚。

至少在我面前，她從不氣餒，從不恐懼。

「兒子，我們很棒對不對？」

年幼的我一點頭，媽就笑開了。

她面露從容的微笑，彷彿是在告訴我，有我的肯定就夠了。然而這樣的她，現在卻一臉焦躁。我突然有個念頭——原來媽也會看我臉色啊。

幾天前，我嫌咖哩飯太淡，她就對我大吼說：「我那麼忙還弄東西給你吃，你應該要心懷感恩吧，挑什麼挑啊你？」

那才是媽的真實的模樣啊。

她擁有面對任何人都不氣餒，昂首闊步活下去的朝氣。別人也就算了，我媽崔智慧可是很夠格這麼做的。

「餘暉，你剛剛……」

「媽。」

她完全沒必要這樣啊。為什麼？她如此年輕有為，這是何苦呢？堂堂智慧工坊執行長兼高人氣飾品商城代表，為什麼要一反常態地看兒子臉色做事呢？

到底是為什麼？她在害怕什麼？

「不管對方是誰，我都不會善罷甘休的。」

媽靜靜地眨了眨眼睛。

「只要有人說妳什麼有的沒的，不管對方是誰，我都不會善罷甘休。」

希臘神話裡的普洛克路斯忒斯，看旅客身高比床長就砍死，比床短就拉長拉到死。我想說的是，沒必要為了像他那種輕易評價他人，堅信自己的想法就是基準的人而煎熬。

「你覺得我有那麼好欺負嗎？」

媽的一句話，讓我瞪大了雙眼。

「誰敢講我什麼？我有做錯事嗎？喂！我可是崔智慧——智慧工坊的執行長耶。」

媽眨起了一隻眼睛。自信滿滿的表情和從容不迫的笑容讓我放心不少。

沒錯，站在我面前的那位嬌小脆弱的女子，是個十八歲孩子的母親。

她是個不被任何風雨撼動，擁有紮實根基的人。參天大樹般的她，就是我所認識的，真實的崔智慧小姐。

「崔智慧小姐跟我，都很棒對不對？」

媽笑著點了點頭。

這樣就夠了。好久好久以前，我只是點點頭，媽就笑開了。我也是一樣，只要媽笑了，我便心滿意足。

我轉身打開房門。一按下開關，白光便傾瀉而下。要是想知道山的另一頭有什麼，就必須先爬到山頂。因為沒人知道站在山脊上時，看到的風景是不符期待，還是美麗壯觀。

這一切，只有登頂的人才知道。而現在，只能專心踏好每一步。提早擔憂，或是期待過高，都不是件好事。

媽過去已經跨越過無數座山了。

有時挫折，有時雀躍得大呼「萬歲」。每當我們要朝山頂踏出艱險的步伐時，媽都會帶領著我，緊緊牽著我的手，擔心我會跌倒，或是被石頭的稜角割傷。

我目前還沒有能力牽著媽的手，帶領她往前走。但現在我相信自己已經足以與她並肩前行，而非站在她身後了。我有充分的能力成為媽同行的夥伴，讓她少點辛苦，少點煎熬。

「對啊，媽完全沒做錯事，不用擔心。」我看著燈火通明的房間喃喃自語著。

平均值

期末考結束後的教室，和螺絲鬆掉的玩具一樣失去了生氣。

就連老是叨念著平均分數的班導都沒有多說什麼。因為那是高二的最後一天，課程多半都是自主學習。甚至還有位老師播了一部說好聽是藝術片，實際上是搖籃曲的法國電影。

鐘聲一響起，科學老師便離開了教室，還叫大家好好睡一覺。有些人低聲打鼾，有些人拿出了手機，而我則起身走向東宇的座位。

我用眼神示意，要他「出來一下」後，他便立刻推開椅子站了起來。

走廊上的冷空氣如冰箱保鮮室般凝結，各個班級傳出的躁動聲如灰塵般飄散著。寒冷的冬日陽光透出一抹白，抿嘴微笑的東宇，讓我聯想到被雪之女王帶走的凱。

「你有跟她聯絡嗎？」

東宇一陣苦笑。他之前大言不慚地要我幫他安排約會，現在卻又露出這種害羞的笑容，真不知道他直接找來店裡的膽識丟哪去了。

「就，那樣囉。」

◇

考試結束後，我把盛夏的手機號碼給了東宇。

「輸入吧。」

一聽見這三個字，這傢伙就馬上把手機從口袋裡掏了出來，逐字輸入盛夏的號碼。他表情有點僵，看來是滿緊張的。

「你們約什麼時候？」

東宇簡短地回答：「明天。」

明天是星期五——整個禮拜最熱情的一天。由於週六和週日的時間都被打工占據，週五下午對盛夏來說是最自在的時光。

這陣子，因為籌備寒假講座的緣故，大部分的補習班都在放假。他們兩個連時間都約好了，想必是聊得還不錯。

「那傢伙超愛吃辣，就連死亡之火口味的炒年糕都能把湯汁喝光光。少在她面前裝喔，不敢吃就直說。要是逞強去配合盛夏，你第二天會胃筋攣的。她這個人絕對不會逼別人做自己做不到的事。盛夏有問過你喜不喜歡吃辣嗎？」

東宇搖了搖頭。他跟裝模作樣、吹噓等特質相去甚遠，我應該不用擔心。

「你不是也愛吃辣嗎？」

「我？」

那傢伙噗哧一笑。

「盛夏說的，她說你也很能吃辣。」

這都是因為常跟盛夏混在一起的緣故啊。我跟著那傢伙品嘗過激辣炒年糕、辣雞腳、辣味炸雞，還有叔叔的嗆辣解酒炒碼麵，現在面對一般中辣小辣，我連眼睛都不會眨一下。

我偶爾還會想念那些讓胃部灼燒的辛辣食物呢，就像是上癮了一樣。

「對啊，不知不覺就習慣了。辛辣食物其實是很容易讓人上癮的。」

「你和盛夏都愛吃辣，那我是不是也應該挑戰一下？」

我戳了戳那傢伙的眉間。再怎麼喜歡盛夏，也用不著強迫自己吃不合口味的食物吧？吃多了只是傷胃而已。

「孩子，算了吧。在女生面前要帥只會糗到自己。」

反正他們兩個都約好了，我現在也幫不了什麼，只能祈禱一切順利。

「可是，你怎麼都沒動作？」

如果他跟盛夏聯絡過了，那他應該會在我主動問他之前，跟我提一下啊。東宇也就算了，為什麼連盛夏這傢伙也不吭聲呢？她應該要打十幾通電話跟我實況轉播才對吧。

說句老實話，比起東宇，我更期待盛夏跟我聯絡。其原因完全和約會無關。盛彬哥還沒跟父母說嗎？這絕對不是件能輕易說出口的事情吧。我希望他至少能在今年內坦承一切。因為我期待他們兩個能夠在關係更進一步之前斷乾淨。

目前我身邊還沒有動靜，看來他應該什麼都還沒提。

如果他已經說了，那媽應該會有接不完的電話吧？這就是暴風雨前的寧靜嗎？我焦躁地吞了口口水。盛彬哥計畫什麼時候說呢？

「我本來是想告訴你的，但就……」

東宇撓了撓後腦勺。沒錯，盛彬哥現在一定也很煩惱。畢竟這些話不是說講就講得出口的。我已經可以想見盛彬哥開口時，叔叔阿姨那驚訝的表情了。

「總之，明天好好表現啦。」

我輕輕拍了拍東宇的肩膀。

「不好意思，我好像害你變得很為難。」

他要我介紹盛夏給他認識時，我的確是很慌張。我也煩惱過到底要不要幫他們牽線。

盛夏跟我情同兄妹，我跟東宇也算是滿熟的，但我並沒有義務在尷尬的狀況下幫他們兩個牽線。

不過，我覺得他們兩個應該還滿適合的。畢竟東宇這個人並不會為了異性朋友而怠忽自己該做的事情。

我相信他應該能在這方面幫到盛夏很多。

是說我知道東宇很討厭麻煩別人，但沒想到能討厭到這個程度。

「哪會為難？總之，祝你一切順利喔。」

我與東宇擦肩，回到教室。剩不到兩週的今年，是會安安靜靜地畫下句點，還是會如夕陽餘暉般五彩斑爛地結束呢？看來還得繼續觀望一陣子呢。

◇

媽還是什麼也沒說。

我問她「今天有什麼事嗎？」她眨了眨雙眼反問我：「怎麼了？」

盛彬哥還沒跟爸媽說嗎？如果他已經說了，阿姨應該早就來過不只一次了。看媽回答得這麼天真爛漫，應該不是在騙人。

就快年底了，每個人都為工作忙得不可開交。媽也因為聖誕節活動和紀念品銷售，每天都累得喘不過氣。工坊裡擠滿了上單日課程的學生，光一天就有十箱以上的飾品零件送進來。

可以製作成聖誕禮物的ＤＩＹ商品，銷售量也是平日的兩三倍。雖然僱用工讀生能夠販售更多商品，但媽還是想獨立消化所有工作量。比賣掉大量商品更重要的事，是不流失顧客的信任。因為「過度的欲望會招來等量的禍害」是智慧工坊執行長兼購物商城代表——崔智慧小姐的經營哲學。

媽還不到九點便離開家了。看水槽的狀態就知道，媽應該又喝牛奶充當早餐了。她總是像黃牛一樣拚命工作，吃得卻總是比兔子還少。

昨天，我熬夜幫媽把DIY商品裝箱，足足忙到凌晨一點。打包的時候，我一直在觀察媽的臉色。其實我有件事想問她。但是一看到崔智慧小姐工作得如此專心，我便開不了口。

「要核對兩到三次，確認訂單收據跟商品符不符合。最後，再檢查商品號碼與顏色。最近宅配貨量很大，退換貨都沒辦法準時。」

一開始工作，媽的眼神便截然不同。

我想，這就是專業人士的姿態吧。確實，核對過幾次貨物與收據後，腦袋就已經容不下其他思緒。也因為這樣，我事情一做完就跳上床睡著了。醒來的時候，媽已經去工坊上班了。

我弄了碗泡麵當早餐吃，接著便急忙走出了家門。

前一天晚上幫媽做事的時候，我一直在偷瞄手機。我等了很久，不知道盛夏跟東宇哪個會先打過來。這是他們第一次見面，我猜最晚也會在十點之前解散。

但是，直到十一點、十二點，手機都沒有動靜。即便如此，我還是覺得自己沒必要主動跟他們聯絡。

我一直在瞎操心，心想：「都這麼晚了，他們到底在幹麼？」但是以他們兩個的個性，根本不可能發生什麼。不過，男女關係誰說得準呢？

要不是媽一直催我說：「幹麼不趕快對收據？」我至少會主動聯絡他們其中一個。奈何當我回過神來時，已經十二點多，快凌晨一點了，我根本沒辦法打給任何人。

不知道他們兩個見面到底順不順利，我真的好奇到不行。

遠處的糕餅店傳來了剛出爐的麵包香。應該有賣媽最喜歡的雞蛋三明治吧？我就像是中邪一樣，在前往糕餅店的路上突然停了下來。

手機顯示著九點四十分。我轉身走進了大樓。

智慧工坊一早便燈火通明。忙著備課的媽正在分類上課要發給學生的飾品零件，桌上則放著熱騰騰的咖啡和雞蛋三明治。

她只喝了杯牛奶充當早餐，不可能有空去糕餅店買東西，不用問也知道咖啡和三明治是怎麼來的。我大概知道自己為什麼會不由自主地在走向糕餅店的路上停下來了，所以我轉身走上樓梯。

一打開門，就看到盛夏正在打掃外場。

「喂！」我邊吼著邊悄悄觀察廚房的動靜。

打掃完的叔叔正在處理蔬菜和肉類。我往盛夏靠近了一步。

「昨天是怎樣？東宇有打電話給妳嗎？那傢伙也沒跟我聯絡，你們昨天到底……」

「餘暉。」盛夏的聲音非常平靜，總覺得不太妙。

萬一她對東宇不滿意，應該會馬上打電話給我，飆出一堆讓人嘆為觀止的髒話。而以東宇的個性，應該不會做出失禮或踰矩的行為。難道是我個人的誤解？他在身為女性的盛夏面前，會呈現截然不同的一面嗎？

頓時，一股寒意襲來。我握緊了拳頭。

「是怎樣，昨天發生了麼事？」

盛夏搖了搖頭。

「我們吃完義大利麵後，喝了杯咖啡就解散了。」

「幾點解散的？」

「大概九點半吧？」

如果不到十點就解散了，那他們兩個都有時間打給我啊。喜歡就喜歡，不喜歡就不喜歡嘛。但是，他們兩個都沒跟我聯絡，就像是約好了一樣。

「那妳幹麼不打給我？」

退一百步來說，東宇不跟我聯絡也就算了。但是連一點屁事都要馬上跟我報告的盛夏，在昨天那麼特別的日子裡，為什麼也默不吭聲呢？

「我在思考。」

「思考什麼？」

盛夏直直地盯著我看。她這個人，比誰都更忠於自己的情緒，好惡分明到一個誇張的地步。這麼單純的情緒，我現在怎麼就沒辦法分辨呢？

「還有比這更……」

「餘暉來了嗎？」叔叔的聲音從廚房裡傳來，「洗好手趕快進來。今天天氣冷，一定很多客人點炒碼麵。你得多剁點洋蔥。」

叔叔的態度和平常一樣，看來他對盛彬哥的事還一無所知。

「朴盛夏，我待會再跟妳說。」

我走進洗手間把手擦乾淨。

我是不是不該這麼做？我所認識的東宇，似乎還不是他的全貌。當時太急著介紹他們認識了，現在才開始後悔。抬頭一看，鏡子裡的自己一臉僵硬。

「嗯，好。大家都說很好吃，我自己吃過之後，覺得炒碼麵的湯頭比想像中清爽。昨天？你喝很多嗎？夫妻一起參加年底聚會啊？你先等我一下。」

掛斷電話後，客人向盛夏揮揮手。盛夏貼心地詢問對方「還需要什麼嗎？」

那位頭髮花白的男子則答道：「那邊下面的長青公寓妳知道嗎？送兩碗炒碼麵跟一份糖醋肉到三棟一六〇三號。費用我付。」

沉寂了好一陣子，又有人要求外送了。「本店不提供外送服務」的字寫那麼大，為什麼看不懂呢？

「不好意思，本店不外送到這棟大樓商店街以外的地方。」盛夏努力扯起脣角回答。

「長青公寓就在下面而已啊。那邊是我兒子家。我還點了糖醋肉表示歉意耶，趕快幫我送一下。」

一開口就用命令語氣激怒人也就算了，現在還提出無理的要求。連我在廚房洗碗聽了都不爽了，更何況是在外場工作的盛夏。

「我們只外送到這棟大樓的商店街。」

一聽到盛夏的回應，男人便皺起了眉頭。看他的皺紋那麼深，平常應該也常皺眉頭吧。

「喂，我們幫你賣了炸醬麵、炒碼麵和糖醋肉耶，送到隔壁的公寓有那麼難嗎？就一間鼻屎大的中國餐廳而已，憑什麼不做外送啊？」

我把菜瓜布扔進水槽，離開了廚房。

有些客人看一個女孩子單獨顧外場，就覺得她好欺負，這個時候，我就會用自己的方式來搞定。有個比想像中高大的人冒出來，人們才會偷偷觀察廚房的狀態。

說時遲那時快，叔叔迫不及待地用大菜刀大聲地剁肉，又不時地拿著跟嬰兒頭顱一樣大的湯勺敲打炒鍋。總而言之，我們就是在大聲宣告：「這裡絕對不是一個女人獨自經營的餐廳。」

「我們已經註明不做外送了。」

我指著牆上那張寫著標楷體大字的紙。我的嘴巴在笑，但眼睛絕對沒有。

男人再次偷瞄了廚房一眼，接著偷偷摸摸地從座位上站起來。

「在地的中國餐廳連外送都不做，到底哪來的膽子做生意啊？」
盛夏對那個嘮叨的男人微微一笑。
「哪來的膽子？我們向天借膽做生意啊。」
果然是每天早上都要宣告排便順暢的傢伙會說的話。那男人再次皺起了眉頭。
「我不會再來這爛地方第二次。」
盛夏結完帳之後，恭敬地鞠了個躬。
「真心感謝您的光臨。」
這句話的潛臺詞就是：「拜託你不要再來了。」
那位男性客人一離開，盛夏便發起了牢騷：「他一副要打一一〇檢舉在地中國餐廳不做外送的樣子耶。」
我收拾好空碗盤回到了廚房。叔叔發出一聲苦笑。
「人比想像中單純多了。」與我目光短暫交會的叔叔自言自語般地冒出了這句話。
「我也是一樣啊。」

翻著炒鍋的叔叔，眼中流露出一抹冷冽。我本來以為他是為了專心控制火候，但總覺得那並不是全部。叔叔的視線時常落在那熊熊火焰後，某個看不見的點上。

傍晚時分，吃掉一整碗炸醬麵的叔叔離開了店裡。他應該是菸癮又犯了。看著一聲不響吃著炒飯的盛夏，我覺得自己快喘不過氣來了。

「說吧。昨天到底發生什麼事了？」

「喂！不知道的人還以為發生了什麼天大的事情咧。就跟你說沒怎樣啊。只是吃個飯，喝個咖啡而已。」

我們是六年多的朋友了，我跟這傢伙共度的時間絕對不算短。盛夏很了解我，我對盛夏也無所不知。如果她不喜歡東宇，一定會對我大發牢騷，反之，她也藏不住自己的喜悅。因為盛夏比任何人都更忠於自己的情緒。

但是，現在坐在我面前的她，看起來既不喜歡，也不討厭，就像是在隱藏些什麼。這種狀況讓我越來越焦慮。

「朴盛夏，東宇昨天是不是有冒犯到妳……」

「他打從一開始就對我沒興趣。」
我有種被叔叔的鐵勺子毆打後腦的感覺。東宇一開始就對她沒興趣？這是不可能的事。他不但跑來店裡，還親口要我介紹盛夏給他認識耶。
我再一次小心翼翼地開口詢問：「是不是實際見面後，妳才發現彼此不太適合？」
原本安靜吃飯的盛夏抬起了頭。
「不是我們不適合，而是東宇本來就……」
那傢伙搖搖手，表示不想再談。我的心情就像燒熱的炒鍋一樣焦灼。
「朴盛夏，妳確定？真的不是因為不喜歡東宇而隨便找藉口？」
「才不是。」
沒錯，我所認識的盛夏是不會說這種謊的。
她性格直爽，喜歡就說喜歡，討厭就說討厭。她說東宇對她沒興趣，一定是真的。盛夏是擅長快速洞悉他人心思的人。
我在介紹盛夏給東宇認識之前，真的非常擔心。雖然每次見面都鬥嘴，但這傢伙不但是我最珍惜的朋友，也是我的好兄弟。這意味著我們絕對不是那種能隨便幫對方牽紅線的關係。

我好不容易安排好的見面機會，東宇那傢伙竟然當作兒戲。這就是他連基本的聯絡都沒做的原因吧。不，他八成是做不到。

我越想，握著湯匙的手就越是用力。盛夏的視線看向我緊握的拳頭。

「崔餘暉——」盛夏那傢伙搖搖頭，似乎在否認我說的話，「我不介意啊，我還滿開心的。這次約會還讓我發現一間不錯的義大利麵店。他心思比想像中細膩，你不要去跟他講一些有的沒的。」

「你們有約下次嗎？有沒有說要繼續聯絡？」

盛夏噗哧一笑。

「這是不可能的啦。」

我緊緊咬著下唇。我真的不知道他是那種人。

他自以為功課不錯，就對盛夏這麼失禮？他到底是有多狂妄、多高傲，才能讓盛夏說出「完全沒興趣」這種話？

一想到東宇，我整個人就火大了起來。

「那個王八蛋到底對妳做了什麼？他有擺出一副討厭妳的樣子嗎？還是問了

妳什麼不禮貌的問題……」

「確實，他問了很多問題。」盛夏一派輕鬆地淺淺一笑，「喂，崔餘暉。」

窗外傳來了聖誕頌歌，以及喧鬧的警笛聲、摩托車聲，甚至還有廣播週末特賣會的超市喇叭與歡快的音樂。所有的噪音就像麵糰一樣，變成一整球，鬧轟轟地響著。

「快吃吧，炒飯涼了就不好吃了。」

盛夏在口中塞滿了米飯。那一刻，我突然想起往嘴裡塞漢堡的東宇。

炒飯依然冒著熱氣，奇怪的是，我並沒有動手大快朵頤。當初就不該在意這個鬼約會。叔叔說得沒錯，我真的很單純。因為我相信自己所認識的，我眼中的東宇，就是他的全部。

「對不起。」

我真的對盛夏感到很抱歉。

「喂，我完全沒事啊，反倒是……他有點那個。」

「那個王八蛋怎樣了？你們昨天到底……」

「拜託你趕快吃啦。」盛夏突然冒出了一句話：「還有比這更重要的事情啊。」

「什麼事？」

那傢伙發出一聲短促的嘆息。

「我不是說了嘛。」

「什麼意思？」

「就我哥啊。他已經跟爸媽說……你媽的事情了。」

我手中的湯匙滑落在地面。哐啷一聲巨響，讓盛夏的筷子停在半空中。但這只是暫時的。她起身走向廚房，回來的時候手上拿了一支新湯匙。

「吃吧，要吃光喔。」

盛夏把湯匙塞在我手上。她一副什麼都沒發生的樣子，一副只是要我吃飯，但是她這神色自若的態度，反而更讓我不安。

所以她的意思是，大家都已經知道了？

我腦海中突然浮現叔叔看我的眼神。他的視線一如往常，不帶任何質疑。就像盛夏沉靜的眼神一樣。

「你們兩個是要吃一整天是不是？餘暉去收拾東西，盛夏去準備晚上開店。」

玻璃門應聲打開，叔叔走了進來。他的目光落在裝滿炒飯的兩個碗上。我沒把我那份吃光，盛夏也是。

「你們兩個，要懂得珍惜食物啊。世界上有一半的人因為營養過剩導致成人病；另一半的人卻餓到站都站不穩。這世界真是爛透了，我好想把這兩坨人像揉麵團一樣，整個和在一起啊，嘖嘖。」

叔叔咂著嘴轉身離去，我也站起身奔向廚房。

「叔叔，盛彬哥是不是……」

「要不要我打包一些炸醬給你？最近的洋蔥很甜，拌飯很好吃喔。」

我半張著嘴看著叔叔。目光依序停駐在他眼角的皺紋、人中的黑色鬍碴、因火焰而漲紅的臉，以及粗壯的手臂上。

「好，麻煩您了。我明天當早餐吃。」

叔叔笑著點了點頭。我跟他就只聊了這些。

在我洗淨剩下的碗盤，與處理洋蔥和醃蘿蔔的這段時間，叔叔什麼也沒說。他一如往常地炒著炸醬，處理著炒碼麵裡的海鮮。盛夏則用她禮貌且不失機車的特殊口吻，拒絕那些時不時會出現的外送電話。

接著，我第一次拿著熱騰騰的炸醬離開了店裡。我緩緩走下樓梯，看見媽在工坊裡上課的樣子。她像平常一樣自在又愉悅。

我轉身邁開腳步離去。

◇

一個熟悉的身影從遠方氣喘吁吁地狂奔而來。真不知道東宇到底在急什麼，雙頰都泛紅了。也許是因為天氣冷吧。

目前距離寒假還有兩週左右，在學校想見就見得到，要談話也可以打電話或傳訊息。但是，我們必須見上一面。我想看著他的眼睛，仔細詢問他到底發生了麼事。

我緩緩支起斜靠在溜滑梯上的身體。

「你說你在我們這區，害我嚇一跳。你怎麼會這個時候跑來？」

我大概知道他住在哪一區。我來到了東宇說的那個遊樂場。

明明早就不是小孩子，最近卻老是有事要到公園或遊樂場來。這一點也讓我覺得糟透了。

「我怎麼會在這個時候跑來呢？」

我雙手插在口袋裡，歪著頭，而東宇一臉驚恐。看來這傢伙現在才回過神來，他應該也察覺我剛剛是跟誰在一起了。

我的出現，應該能讓他想起昨晚跟盛夏之間發生的事吧。

「餘暉，我知道現在說這些太不知廉恥了，但是我真的對盛夏……」

「真的見到面就沒興趣了是不是？我把那傢伙形容得很隨和，你就以為自己可以隨便對待她嗎？你憑什麼啊？是你自己先跑來店裡，要我把她介紹給你認識的耶。你居然還……」

「對不起，餘暉。我真的很抱歉。」

「對不起」這三個字刺痛了我的太陽穴。他並沒有否認。他並沒有解釋是盛夏誤會了，也沒有為自己一時沖昏頭感到後悔。「對不起」就是對自己的錯誤坦然不諱的意思。

「你在講什麼啊？對不起？」

東宇用驚恐的眼神看著我。這個連被小混混欺負都無所畏懼的傢伙，在我面前，卻像隻被雨淋溼的小狗一樣顫抖了起來。

「是我欠考慮，我一不小心衝動了。」

我今天對於這傢伙選擇的詞彙真的、非常、十分厭惡，而且是厭惡到極點。衝動？他這麼說的意思是，他是半開玩笑地要求認識盛夏的。他現在是把我最珍惜的朋友當成玩具嗎？

我一把抓住東宇的領口。對一個外型比自己弱小的人動手真的很惡劣，我也實在不想對一碰就會倒、全身皮包骨的東宇做這種事。

但是我已經忍無可忍了，我現在火冒三丈，恨不把這個長得像白年糕的傢伙打爆。

「盛夏在你眼中就是個解嘴饞的花生米嗎？你把介紹朋友當兒戲是不是？我沒告訴你嗎？誰敢碰那傢伙一根寒毛，我就會馬上翻臉。」

我希望他至少能給我一個殘破的辯解。但是東宇什麼也沒有說。

他那透明的褐色瞳孔驚恐地閃爍著，彷彿在告訴我，我所說的一切都是事實。

「不是的。我只是想了解，卻又找不到方法。」

「這合理嗎？就因為你想了解她，我才把她介紹給你啊。什麼叫找不到方法？」

就算要辯解，至少也給個合邏輯的說法吧。如果他把原因歸咎在說話語氣或個性上，我倒還能試著去理解一下。早知道他是這麼我行我素的人，我絕對不會在他被小混混欺負的時候跟他裝熟。

當然，現在知道也不遲。我緊緊揪著那傢伙的領口。

「以後休想在我面前出現。到時候你會死在我手上，而不是那些傢伙手上。」

我用力一推，東宇便踉蹌了幾步。

我曾經相信他是學校裡唯一能和我溝通的人；我曾經覺得他夠格成為我第一個介紹給盛夏的男生。但這一切都有如初春的雪，消失得無影無蹤。

我胸口一陣悶痛，就像是被錘子敲過一樣。我的腦袋已經被我媽搞得快爆炸了，連這傢伙都要來湊個熱鬧，我真的是由衷感激他。

我轉身大步向前走。

「我想了解的其實是你，不是盛夏。」

那響亮的聲音，讓我不自覺停下腳步。

風很涼，天氣冷得讓耳垂都刺痛了起來，讓我不確定自己是不是幻聽了。

我慢慢轉身面向東宇。

「我想了解的是你，崔餘暉。從很久以前開始，從高一你還不認識我的時候開始……我就一直對你很好奇。」

天空不知不覺已退去了夕陽餘暉，黑暗中，東宇蒼白的臉龐熠熠生輝。

◇

我一走出便利商店，就看到坐在椅子上的東宇。他疲憊地嘆了口氣，似乎終於冷靜下來了。他雙眼布滿血絲，鼻尖通紅，看來並不只是因為寒冷的天氣。

我把罐裝咖啡放在陽傘桌上。這陣子老是在戶外喝罐裝咖啡啊。

「喝吧。」

東宇眼神呆滯地盯著那罐咖啡。黑暗淹沒了他空洞的眼眸，一抹淒涼的笑掛在他紅潤的唇角。

我拉出椅子坐在他對面。手中的咖啡很溫熱，心卻越來越冷。我的視線落在東宇蒼白的臉上。

「從入學後第一次見到你的那刻起，我就一直在注意你。升高二那天我一打開教室的門，就看到你坐在窗邊，當時我的心一陣刺痛，就像是在傷口上塗了消毒藥水一樣。因為我被其他同學欺負時，幫助我的人就是你啊。一聽到你的聲音，我全身上下就像是失去了知覺一樣，連自己痛不痛都不知道……對，我喜歡你。不只是朋友的喜歡……就算你覺得我很奇怪，我也沒辦法。我也不喜歡這樣的自己。光是碰到你的指尖，我都會緊張、會驚慌失措，我很受不了自己這種愚蠢的樣子。

「剛開始，我否認了好多次，告訴自己這是不可能的。我哥明明跟他女朋友交往得很順利啊，為什麼我會這樣？該不會是哪裡出了問題吧？問題到底出在哪呢？我試著去喜歡偶像團體，牆上還貼滿美女明星的照片。我看遍了與愛情相關的書籍、電影、動畫，甚至連論文都讀過了。我真的做盡了所有瘋狂的事情。但還是沒有用。不管我怎麼做，都沒有一絲悸動，甚至一點點情緒都沒有。我覺得自己連感官都麻痺了。但是只要在學校……在學校看到你，我的心臟就一直……」

東宇癱坐在位置上。

在深邃的黑暗中，我依然看得見滴滴答答地落在地上的雨滴。他哭了好久、好久。那消瘦的身體裡，怎麼會有那麼多淚水呢？他哭個不停，哭得讓人起疑。

我覺得那或許不是眼淚，而是東宇死命壓抑的真心，是他不曾在任何人面前展現的真實面貌，我這才開始理解這一切。

他望向窗外時眼神空洞，笑容苦澀，光是碰到我的指尖就會驚慌失措。我終於明白這一切究竟意味著什麼。即便是兩個人在一起的時候，東宇看起來還是很寂寞，沒想到罪魁禍首居然就是我。

我一時之間真的很難接受這個事實。

「是怎樣？你不是喜歡 Kelly Green 的子若嗎？」

東宇苦笑了一聲。

「是我哥喜歡啦。而且我從來沒有說過我喜歡她，是你自己亂猜的吧。」

原來東宇是因為我才變得越來越寂寞的。一想到這裡，我就沒辦法直視他，只能把視線投向破損的人行道地磚上。

「我還以為你會覺得我很噁心，吐我口水咧。」東宇無力地說著。

「你心目中的我就是這種人啊？」

那傢伙慢慢抬起頭來，我則動手幫他打開了罐裝咖啡。

「多少喝一口吧，你的力氣已經耗盡了啦。」

「你是不是嚇到了？」

說沒嚇到是騙人的。

如果自己的朋友某一天突然說，他對我的感情不只是朋友，甚至還跟我告白的話，我可沒辦法說句「噢，原來如此」，就輕輕鬆鬆地接受，畢竟這個社會還沒那麼開放啊。

我之前就曾從東宇的眼神中感受到一股微妙的氛圍，但我以為那只是我的錯覺。當身邊有人談起同性戀時，我什麼話也沒說。因為我堅信這種事與我無關，我也沒有資格妄下評論。

輕易地評斷他人，是我最討厭的事情之一。

但我認為，那也是另一種偏見。因為我是異性戀者，所以我就認為自己與他們毫無關聯，預先劃清界線。這意味歧視已經深植在我內心深處了。

我從沒想過即便價值觀不同，他們還是會在我的生活中，以各種不同的面貌與我共存。他就在離我最近的地方，而我卻完全沒察覺，我甚至沒有試著去留意過。

東宇透明的視線融入了罐裝咖啡裡。

「我真的很抱歉。對你和盛夏，都很抱歉。」

我一語不發地喝著咖啡，總覺得今天該說話的人並不是我。

我一抬頭，便看見花店的裝飾小燈泡閃了一下。今年跨年，會不會比去年忙碌好幾倍呢？我突然冒出了不相干的思緒。

「咖啡快冷掉了。我已經打開了，你先喝一口吧。」

東宇喝了一口咖啡。他雪白的頸子起伏著，褐色的瞳孔在便利商店的燈光下閃動著。

「任誰都會覺得你跟盛夏在一起嘛。畢竟你和我是不一樣的，我沒必要被你交女朋友的事嚇到啊。但是你卻堅決否認你們是那種關係。我當時心想，『真的假的啊？』一不小心就隨口提起了盛夏。但我馬上就後悔了，因為我完全不可能這麼想嘛。不過，一切都太遲了。『只是隨口說說』這種話，我已經說不出口了。」

說到這裡，他長嘆了一口氣。

「老實說，我還滿好奇的。你們認識那麼久了，盛夏應該很了解你不為人知的一面吧？我突然對這個很好奇。畢竟你也不喜歡講自己的事嘛。」

東宇緩緩搖著頭。

「是，沒錯。再怎麼辯解我都不值得被原諒，我只是在利用盛夏而已，我做了超級渣的事情，你會生氣也是應該的。你就爽快地踹我一腳吧，被你揍一頓我心裡反而舒服。」

「如果你比現在胖五公斤的話，我真的會照你說的做。」

他用指尖撫摸著罐裝咖啡。

「……之前你在吃午餐的時候，提到了『普通的愛情』。我當時簡直喘不過氣來。」

那一刻，我突然想起了被嗆得咳不停的東宇。原來他一反常態地大口塞著漢堡，並不是在出氣啊。看來他是想把說不出口的話通通塞進嘴裡吧。

東宇抬起頭，與我對視。

「我在你眼中，絕對算不上普通吧？」

我顯然是個異性戀者，從來不曾在看到同性時悸動或是臉紅。我跟盛夏的相處雖然和同性差不多，但這絕對不表示我對其他異性沒有感覺。我曾經看電視上的明星看到出神，也曾經因為便利商店姊姊的那公式化到極點的笑容而紅了耳朵。

即便如此……

「是你告訴我『所有的愛都是特別的』，是你告訴我『只要不傷害別人，就沒有不好的愛』。」東宇的雙眸再次泛淚，「但可能會有痛苦的愛吧。」

我不認為不一樣的愛是錯的。東宇要走的路，或許是寸草不生的沙漠。這並不是選擇問題，東宇本身也很無奈。因為他知道自己只有一條路能走。

可能有人會覺得，像東宇這樣的人，應該沒必要拒絕更輕鬆好走的道路。但是，不管外人怎麼推，他都無法走上那條康莊大道。如果這是可以靠選擇去改變的狀況，東宇也不會獨自受苦。

「我可以問你一個問題嗎？」

東宇點了點頭。

「為什麼是我？」

那傢伙嘴角閃過一絲苦笑。

「你記不記得我之前跟你提起過一個論壇？你應該也知道那是什麼論壇了吧。」

東宇的表情看起來很平靜。

我記得我曾在一本書上讀到過，從壁櫥裡出來，就叫做「出櫃」。現在，東宇也從壁櫥裡走出來了。雖然過程很痛苦，但應該也算是種解脫吧。

我一語不發地嚥下一口咖啡，苦澀的氣味迅速蔓延到全身。

那個論壇，是有相同困擾的人聚集的地方。那裡有很多青少年，也有婚後才對自己的性別認同感到困惑的人。論壇的規模很大，所以每個區域都設立了各自的版面，而東宇在上面偶然看到了一位在沙寒經營咖啡廳的男性，其所發表的文章。

我今天跟朋友出櫃了。他看起來很驚訝，但他還是能夠理解。那傢伙問，我對他是否曾經有過那種感情。我一開始還沒聽懂他在說什麼，過一會才明白他的意思，接著放聲大笑了起來。

我完全沒想到這位老朋友會問我這個問題。慌張的反倒是我。我只對那位朋友說了一句話：「你是異性戀者，就會喜歡世界上所有的女人嗎？」幸好他馬上就聽懂了。

我喝了很多酒，但奇怪的是，我並沒有醉。我也不是只要男人都喜歡啊。這麼理所當然的道理，人們怎麼會不懂呢？

東宇發了私訊給作者，說自己也住在沙寒。他們魚雁往返了數次後，那個男人便邀請東宇到自己的咖啡廳作客。客人不多的時候，兩人就面對面談起了心。

「看到叔叔您在論壇發的文，我想了很多。其實，我也不知道自己為什麼會一直注意他。我會喜歡他，應該只因為他是他吧。」

這是東宇給我的答覆。

沒錯，喜歡一個人是沒有特定理由的。喜歡他，只因為他是他。東宇也不例外。他喜歡我，只因為我是我。或許盛彬哥也是一樣吧。

畢竟他本身也不會刻意去選擇險峻的路。只要他想，他大可以走一條更好走的路。但是，他做不到。因為他早已意識到自己只有一條路能走。

「我以後不會在學校跟你裝熟。你想告訴別的同學就儘管去吧。畢竟是我先騙你的，而且還不惜做出自私的事情。我已經做好付出代價的心理準備了。我這是罪有應得。」東宇有氣無力地說道，而我一口把咖啡乾了。

「如果你會覺得不自在也沒差，但我並不想這麼做。你知道我這輩子聽過最多的話是什麼嗎？」

東宇一臉問號。

「就是我跟盛夏那傢伙有那種關係的謠言啦。大家都說我們兩個之間，一定會有人跟對方告白。拜託，『一男一女一定會戀愛』是什麼公式嗎？世界上變數那麼多，難道什麼事都跟八除以二一樣，馬上能得出答案嗎？」

我停下來，看著東宇。

「班導整天在強調的『平均值』根本不存在。世界上的事情是很錯綜複雜的啊。不管你怎麼看我，我都會跟以前一樣當你是朋友。那這樣我是不是很自私呢？是不是讓你很困擾呢？」

聽了我的話，東宇搖了搖頭。

「不會的。我對你沒有任何奢求。能跟你拉近距離我就已經很幸福了。但是，我好像還是不知不覺地對你產生了不該有的貪念，所以……」

「那又怎樣，我能一吐為快都要感謝你耶。」

世事總是盤根錯節；人們也各有不同的面貌。人生中真有所謂的高速公路嗎？別人眼中的康莊大道，對身在其中的人來說，或許就像是個迷宮。

此時，我腦海裡冒出了一個念頭。猶豫了一會後，我小心翼翼地開口說道：「你是不是很討厭欠人家人情啊？」

「人情？」東宇反問。

我摸了摸自己的後頸。

「之前付炸醬麵錢的時候你就是這樣，一起吃漢堡的時候你也是這樣。我都說要請客了，你還是堅持……」

支支吾吾了一陣後，那傢伙無力地笑了笑。看他那了然於心的眼神，我知道自己的想法是對的。

「與其說是討厭欠人情，不如說是不想在祕密被人發現之後，招來不必要的誤會。或許就是這種想法，造成了我莫名的強迫症吧。人類就是傾向由局部看整體啊。我一個人這樣，大家就會以為和我取向類似的人都是這樣，我不想讓別人產生這種荒謬的成見，也不想莫名其妙落人口實。」

東宇頓了頓，低頭看著桌子。

「這當然不是唯一的理由，但是，我想盡全力做好我現階段能做的。我目前能做的應該就只有讀書吧？我的家人遲早會知道，我並不想讓他們誤以為我跟別人的這點差異，會成為我人生中的大問題。」

東宇緩緩地述說著，就像是在吟詩一樣。

想必他明白自己每一句謹慎的發言都有巨大的意義。我剛開始注意到東宇，並不是因為他被捲入了一場無聊的紛爭，也不是因為他微妙的眼神。是因為我能感受到，他和我之間存在著相似的交集。

我們都小心翼翼地避免著「不同」與「錯誤」。但是，有必要這樣嗎？東宇已經走出壁櫥，我們也到了擺脫框架的時候吧。

畢竟人生在世，就是要和「與自己不同的他人」創造奇妙的交集啊。

「謝謝。」東宇用顫抖的聲音說道。

「我也謝謝你。」

我拍了拍那傢伙的手。

但願東宇不會像之前那麼孤單，希望他和我在一起的時候，能夠不再有空洞的眼神。我對那傢伙微微一笑。

第五個季節

「其實，我第一次跟你在街上碰到他的時候，他看我的眼神有點敵意耶，算是眼中充滿防備吧？老實說，我當時甚至覺得『這人是怎樣啊？』他來我們店的時候也是這樣。

「我一跟他對到眼，他就露出那種眼神。但是東宇一看到你，又笑得特別燦爛。直到這一刻，我都還覺得應該是因為見到同學特別開心。那時候你跟我說，約會對象是東宇我真的超訝異的。他看我的眼神那麼銳利，居然還說對我有好感？完全不可置信啊。

「所以，讓我反而更想跟他見上一面了。我很想知道他要你介紹我給他認識，到底是出於什麼心態。我們剛開始是聊一些普通的話題。考試考得好不好？喜歡什麼類型的電影或音樂？什麼時候開始打工的？但是，聊了一會後，東宇就不斷地在聊你的事情。嗯，應該算是跟你相關的各種問題吧。

「因為我有提到我們一起上國小和國中啊。他就問了很多你那時候的事情。當時我就明白了，我明白東宇要見我的真正原因是什麼了。但我沒辦法把真相告訴你。這件事我絕對不能隨便說出口。

「我不會覺得不開心，因為我赴約之前就已經察覺了。只是跟東宇聊你的事讓我覺得很心疼。雖然我努力保持笑容，但我隱約可以想像東宇當時是什麼樣的心情，他心裡有多不好受。他送我回家的時候，吞吞吐吐了好幾次，可能覺得應該要說點什麼吧。所以我就主動開口了。我說今天很開心，我真的不介意。東宇應該也明白我這句話的意思，就像我了解他的心意一樣。」

我知道她非常擅長察言觀色，但我沒料到她會敏銳到這個程度。也對，她就是因為夠敏銳，才會早一步開始懷疑媽和盛彬哥的關係。而且盛夏還發現了東宇的祕密，真是出乎我的意料。

總之，我和東宇之間的誤會總算是化解了。

雖然很震驚，但這件事也讓我能更理解他一點。我不會再隨便去抓東宇的後頸，或是把他的膝蓋當枕頭躺了。就像不管我跟盛夏關係再親近，也絕對不能對她太放肆。對東宇也必須謹守這樣的禮節。

但就算發生這種事，東宇還是我的好朋友。世界永遠不可能只有選擇題，也就是說，這不是個只有單一解答的地方。

與東宇分開之後，我回到家，一如往常地幫媽包裝商品。

默默工作的母親則看不出有任何變化。盛彬哥明明說他已經告訴父母了啊，我還以為阿姨會立刻衝過來罵人呢。

當然，要是發生這種事，我早就大聲疾呼了。我一定會問她為什麼要這樣講我媽。

「哎呀！兒子，有人上傳戴髮夾的照片耶，超美的對不對？我真的很感謝親自發照片給我的客人。等我忙到一個段落之後，是不是要來企劃一下實戴照的活動才對。」

媽邊看著螢幕邊哼著歌。

阿姨沒打電話來嗎？她至少會想確認一下媽跟盛彬哥的關係是不是真的吧？就算這是暴風雨前的寧靜，是不是也寧靜過了頭呢？

最後，我還是什麼都沒問，我想要再觀望一陣子。週日會聽到些什麼還不知道呢。

第二天早上，我比平常早出勤。叔叔忙著準備開店，盛夏則手忙腳亂地打掃外場。

「餘暉你在搞什麼？人都來了就趕快剝洋蔥，認真削馬鈴薯啊。」

我把圍裙圍在腰間，開始剝洋蔥。

洋蔥皮很輕易就被剝開了，而我的疑惑卻完全沒有被解開。我是他家長子心愛女人的親生兒子，叔叔是絕對不可能用友善的眼神看我的。

但是，叔叔的態度卻和平常並無二致，我又能怎樣呢？也只能和平常一樣努力剝洋蔥皮吧。

一到下午，客人便蜂擁而至。

我從廚房跑到外場，從外場跑到商店街。不管外面幾度，廚房裡一年四季都高達四十度。我連內褲都溼透了。

這種時候，我心情反而特別好。算是感受到了勞動的神聖吧？雖然身體像被丟進火焰裡的塑膠一樣快要融化，意識卻非常清醒。

最後一位客人離開後，盛夏馬上將空碗通通收進廚房。看到清潔溜溜的炒碼麵空碗，叔叔臉上洋溢著幸福的笑容。

此時那傢伙突然朝著廚房大喊：「我朋友在門口。我可不可以出去找他？反正你也每天午餐時間一結束就跑出去嘛，我吃飽再回來喔。」

盛夏脫下圍裙後便匆匆走出店門。

「我們也各吃一碗香香辣辣的解酒炒碼麵好不好啊？」

巨大的鐵鍋在火爐上嘎嘎作響。刺鼻的辣椒油香氣飄向鼻尖，火花也隨著叔叔的動作劇烈地舞動著。

沒兩下子，兩碗炒碼麵就放在桌上了。

我拉開椅子，坐在叔叔對面。充滿在口腔裡的炒碼麵既辣又甜，大火炒過的蔬菜和海鮮還留著濃烈的鍋氣。因為午餐吃得晚，飢餓感猛烈襲來，我瘋狂地吸了一大口麵。

「你知道我為什麼不做外送嗎？」

我把麵條吞了下去，叔叔呵呵笑著，擠出了眼角的皺紋。總覺得那個笑容有些淒涼。

他凹陷的雙眼靜靜地俯視著那碗炒碼麵。

盛夏跟我說過，叔叔在來沙寒之前，在比較大的城市裡經營中國餐廳。

那時，叔叔的中國餐廳素以餐點美味、外送服務快速聞名。由於中餐的性質使然，只要速度稍慢，麵條就會糊掉。一出餐，外送員便會馬上發動機車。訂餐電話總是響個不停，一次派出四、五個外送員都不夠用。

「有個小鬼看到徵外送員的廣告後就找到店裡來。他頭髮染成金黃色，耳垂上還掛著一大串東西，我那時已經猜到這傢伙是哪種人了。要是不小心請到這種小鬼，他很可能會帶著店裡的機車一起消失。但是這小鬼卻先發制人，要我放心，他不會牽著機車跑掉，讓我有種被說中要害的感覺。那小鬼看樣子就是有騎過機車，應該對附近的路也挺熟的。」

叔叔的猜想是正確的。他的速度傲視所有外送員，擅長鑽捷徑，送過一次的地方絕對不會忘記。而且光看訂購的餐點和時間，就能鬼使神差地猜到是哪一家叫的。

有一天，他看到另一位外送員在外場看書後，便好奇地問了叔叔。

「他問我那個大哥為什麼一有空就看書。我說他是個大學生，那小鬼聽了之後非常驚訝。他是個很單純的男孩子，還以為只有像自己這種人才會來做外送。」

叔叔問他：「你這種人到底是哪種人啊？」於是他便說出了自己的童年故事。

他一出生就被父母遺棄，由祖母撫養長大。由於貧窮和自卑，他國中和高中時期都一直遭到霸凌。他說自己所擁有的只有這世界的邪惡，而人生唯一的樂趣就是和處境相似的朋友們混在一起。

「我跟他說『你想不想上大學？我送你去讀書。你白天做外送，晚上去補習。』那小鬼眼睛瞪得可大囉。他嚇呆的表情我現在還記憶猶新啊。我也不知道那是不是同情，我只知道做外送或許是在浪費這小鬼驚人的智商。

「有一次，外場突然有一組團客進來，那麼多道餐點他都記得清清楚楚，連寫都沒有寫，而且，他送餐還沒一道送錯的。哇！我當時心想，這小鬼還真不是普通人。

「其實他外送會快也是有原因的。每條路都已經像照片一樣完整地儲存在他腦袋裡了。根本就是人體導航啊。而且他心算也厲害得不得了，比敲計算機還要快。」

他們兩個人，就這樣不斷地互相說服，最終還是依叔叔的意思，去報名了升大學補習班。開始上課後，他就像是久旱逢甘霖的大樹，吸收著這世上所有的知識。

「他說沒人欺負他、沒人揍他之後他才看得下書。那個給自己貼上『失敗者』標籤的小鬼，已經開始改變了。怪裡怪氣的髮型弄整齊了，動不動罵髒話的習慣也改掉了。他戒菸戒酒，白天外送，晚上讀書。那小鬼太懂事，太令我驕傲了。」

第二年，他威風地考上了大學。但是為了學業，他不得不辭去店裡的工作，而叔叔是最支持他展開新生活的人。

「那小鬼離開之後，我們外送速度馬上就變慢了。頂替他的那個新人完全是個路痴。那陣子附近剛好開了一間大型中國餐廳，我開始心急了。不管你做得多好吃，只要外送一慢，麵條就是會糊掉。你也知道嘛，人家說中國餐廳大部分的收入都是來自於外送，這可一點也不誇張。」

有一天，他沒先知會一聲就突然出現在店裡。

「那小鬼跑來店裡炫耀，說他明天就要去迎新宿營了。他的夢想就是上大學以後參加迎新宿營。他開心得不得了，笑到都合不攏嘴了。」

叔叔的喜悅難以用言語形容。但是那天外送單特別多，忙到連碗炸醬麵都沒時間做給他吃。

「那時候有人訂外送，那家是第一次叫，還點了很多東西。經營老客人是很重要，對第一次訂的客人更是要用心。畢竟第一次搞砸了，人家就不會訂第二次了嘛。外送地點非常遠。那時候我下意識問了那小鬼：『你應該知道有哪條捷徑可以到那邊吧？這家是第一次叫，麻煩你送一次吧。』」

他便火速抓起牆上的安全帽。他在中國餐廳工作的經驗相當豐富，新客人有多重要，他跟身為老闆的叔叔一樣清楚。餐點一準備好，他就馬上發動了機車。

說到這裡，叔叔好一陣子沒辦法再開口說話。

炒碼麵早就已經糊到不行，湯汁也乾了。一陣蕭瑟的風拂過叔叔嘴角。

「他開心得不得了，說迎新宿營要去很遠的地方玩……結果他這輩子最大的願望根本就實現不了，迎新宿營還沒去成，他就去了更遠的地方。外送算什麼東西？時間算什麼東西？他心心念念的夢想就在眼前了，那麼年輕的孩子一下子就……」

叔叔吞了吞口水。那聲音太大，讓我全身都僵硬了起來。

廚房裡，水滴滴答答地滴落。我這輩子第一次體會到沉默有多麼沉重。

「捷徑……太快了。他走得太快了。」

疾駛在巷弄中的機車，與一輛從工地衝出來的卡車對撞。出事那年，他才二十三歲。當時他才進大學不到兩個月。

一切終於真相大白。我明白了叔叔不提供外送服務的理由，還有他行事總是悠閒從容的原因。

叔叔討厭捷徑。人們所謂的捷徑實在太可怕，他不想再走上那條路了。

他凹陷的雙眼靜靜端詳著我的臉。

「人們都說我很成功，說我很快就能蓋大樓了。老實說，我的確很有自信，我覺得更大的成功就在眼前。但當我意識到這個欲望有多麼愚蠢的時候，我付出的代價已經太大了。這個代價太痛苦，太難受了。」

叔叔乾掉了一杯水，就像是在喝酒一樣。

「那些別人所謂的重要，還有別人覺得必須要擁有的東西、必須要做到的事情，只要換個角度去看就一點都不重要。有時候，甚至還不如路邊的垃圾。」

叔叔說的每一句話，像海浪一樣漲潮又退潮，冰冷卻溫柔地掃過我胸口的某處。

「我現在已經無欲無求了。我不想太執著，也不想抱怨世事不如意。我絕對不會再被人們所謂的成功所左右。」

叔叔和我之間，有些東西像漸漸鼓起的棉花般，開始膨脹了起來。

叔叔抬起頭，靜靜地對我笑了笑。

「所以說啊，我對我兒子盛彬也是一樣。雖然他那傢伙的老媽還是有那麼點貪心，但是我會慢慢讓她理解的，你別擔心。人家不是說沒有父母能戰勝自己的孩子嗎？盛彬都說他喜歡這條路了，這還需要第二句話嗎？」

這正是叔叔想說的。

他為了告訴我這席話，吐露了自己隱藏在深處的傷痛。說也奇怪，看到叔叔的笑容，我的眼淚就湧了出來。一低頭，眼淚便滴在桌上。

我以為他會馬上氣得說不可以，並逼迫媽就範。但這一切的擔憂都只是我愚蠢的瞎操心，叔叔同意了兒子的決定。他並沒有催促對方去走更平坦的道路，因為他早已透過那悲傷的經歷，了解走捷徑帶來的後果。

眼淚打溼了桌子。

「炒碼麵有那麼辣嗎？」

一陣響亮的笑聲在我耳邊響起，而我卻抬不起頭來。

叔叔做的炒碼麵實在太辣了，讓我又麻又痛，就這麼低著頭哭了好一陣子。

◇

「我媽超驚訝的啊。她一臉被雷神之鎚狠狠砸過後腦勺的樣子。」

盛夏一邊咀嚼著起司蛋糕一邊說著，我則盯著咖啡廳的玻璃門外看。

一年即將進入尾聲。有些事，即便邁入新的一年也是不會改變。炸醬炒碼麵館依舊不提供外送服務，智慧工坊裡還是會有人製作專屬於自己的飾品。我和東宇還是好朋友，我週末一樣會去附近一間破舊的中國餐廳打工。

「你也知道啊，我媽對我哥有很高的期待嘛。」

盛夏突然停了下來，驚慌地搖著手。

「我只是在討論一般母親的普遍期望啦，絕對不是說你媽不符合期待喔？你應該知道我講這話是什麼意思吧？喂，崔餘暉！你是不是在不開心？」

還有，每天早上，我一樣得聽朴盛夏這傢伙如實報告她排便的順暢度，以及大腸與括約肌的狀況。

「阿姨一定會很驚訝的啊。」

「當然啦。雖然我爸的支援火力很強大，但是在我們家，我媽的戰鬥力比我爸強多了。我媽可能會讓他們走得比較辛苦一點。目前最好的辦法就是我馬上學壞，這樣她的注意力就會集中在我身上了。」

我喝了一口檸檬茶，淡淡的香氣在口中緩緩蔓延開來。

我打了電話跟媽說，我晚餐的時候跟盛夏有約。

「你不想幫我包貨吧？所以你才跑去跟盛夏約會，對不對？」崔智慧小姐碎唸個不停。

「要是我跟盛夏去約會，那我們的關係不就變得很狗血？」我忍不住發了幾句牢騷，電話那頭傳來一陣尷尬的沉默。

我深吸一口氣後，對媽說道：「現在說恭喜是不是太晚啦？妳表現得很棒，不用擔心。」

過了一會兒，熟悉的聲音在我耳邊響起：「謝啦，兒子。」

這就是我跟媽剛剛通話的所有內容。

「媽，已經五年了。智慧小姐都拒絕我五年了，我還是一直在糾纏她。我已經豁出去了，我真的非她不可。我都已經說非她不可了，還需要其他理由嗎？」

盛夏眼神迷濛地望著空中，並發出「哇」的一聲。

「雖然是自己哥哥，但你不覺得他真的很酷嗎？最後連我媽都對我哥的超級純愛告白舉雙手投降了。唯一的兒子都說非她不可了，還需要其他理由嗎？」

「所以，妳不要找一些莫名其妙的藉口來製造問題。那反而會讓盛彬哥困擾啊。」

這就是盛彬哥眼神中的渴望嗎？那種非我媽不可的意念。就是那股意念，讓他像傻瓜一樣守著媽五年吧。

「我哥說，他會瘋狂讀書、死命找工作，都要歸功於你媽。因為你媽跟他說要好好經營現實生活，所以他真的每一分每一秒都活得盡心盡力。」

沒錯，媽並不會對想吃炸雞的兒子感到內疚，也沒有去怪罪惡劣的環境，她所能做的，就是讓年幼的兒子去想像更美味的食物。

媽不會拿自己跟別人比較，不會用悲觀的角度來看自己的處境。因為她很清楚，這樣對生活一點幫助都沒有。我媽的生活一點都不平凡。這就是她走到今天這個位置的原因。

盛夏低聲嘀咕著。

「我哥一直都這樣。就算我把電腦弄壞、把報告檔案弄丟，他都會先聽我怎麼說，而不會先發脾氣。所以，我也會盡量站在哥的立場想。他為什麼會選擇一段多數人反對的愛情？為什麼非要這麼做呢？後來我明白了，其實他自己也控制不了。」

盛夏一定很擔心他們兩人的關係，她可是世界公認的兄控，應該沒人比盛夏更關注這個問題了。也就是說，這傢伙表面上裝鎮定，但內心還是很焦慮的。

盛夏瞄了我一眼。

「喂，那你現在跟我是什麼關係啊？」

「關係？」我一反問，那傢伙便勾起了半邊嘴角。

「你媽跟我哥在交往耶，誰知道他們以後會不會結婚啊。」

「結婚？」

那傢伙點頭如搗蒜。

「你又不是不了解我哥，他超級認真的。『五年』可不是什麼路過小貓的名字好不好？搞不好他們明天就會談婚事了，誰知道咧？這麼一來，我跟你到底會變怎樣啊？」

媽和盛彬哥結婚？他們確實已經發展成交往的關係了，但是，才交往就要談結婚？當然，我絕對不希望他們是隨隨便便交往，但是，才剛交往居然就要談結婚……

「萬一我哥跟你媽結婚，你就會變成我哥的兒子耶，然後……」

盛夏邊哈哈大笑，邊拍著手。她的笑聲大到足以引起路人側目。平常我會叫她小聲點，但我現在腦袋很混亂，完全沒辦法思考。

「噢買尬，如果你是我哥的兒子，我就變成你姑姑了，對吧？」

「神經病，講點有邏輯的話好不好。」

「我又沒講錯。我是我哥的親生妹妹，所以你就變成我姪子啦。」

狗血也要有個限度吧？有個只差十六歲的老媽就已經夠狗血了。要是還有個差十歲的老爸跟同齡的姑姑呢？就算世界上沒有平凡和普通，就算平均值與標準都消失了，這還是太前衛了吧？

這不只是創新，是絕無僅有啊。

「你來練習叫看看，叫聲姑姑來聽。還不叫？姑——姑——好——」

每天早上都會轉播排便順暢實況的人耶，姑姑個屁啦。

「不管你了，我要回家。」

我起身走向門口，努力假裝沒聽到背後呼喚「姪子大大」的聲音。

一走到戶外，冷冽的十二月涼風便吹進了我的衣領。希望明年的一切，也能像媽買給我的超輕量羽絨外套一樣，輕盈地畫下句點。

當然，我絕對不希望媽和盛彬哥的關係輕易結束。

世界上哪有什麼基準？哪有什麼規則呢？媽在讀高中的時候生下我又怎樣？正因為如此，我們才沒有代溝，就像朋友一樣。

我這輩子，有沒有可能遇到一個比我大十歲的爸爸呢？我也能跟喜歡我的傢伙做朋友啊。

對我來說，這一切都是既平凡又普通的日常。

冬天一過，就是新春了。有些人會覺得是早春，有些人會說還是冬天。換季期間，街上會出現各式各樣的穿著。

有依然穿著羽絨衣的人，也有換上粉嫩色系春季薄外套的人。然而，沒有任何人會覺得對方的穿著很奇怪。因為換季期間，是所有衣服都通用的第五個季節。

希望這個社會能像換季期間一樣尊重多元性；希望這個世界上，不管是厚重的無色彩羽絨衣，還是飄逸的粉嫩色系春季薄外套，都能夠是正確答案。

「姑姑在叫你，竟敢這麼沒有規矩。你怎麼可以自己先走啦，要等姑姑啊！」

即便如此，這傢伙還是跟我相識長達六年的知己，不可能在一夜之間變成我的姑姑。

絕對不可能。

不管是第五個季節還是第六個季節，我都無法接受這件事。我丟下盛夏，全速往前奔跑。

不愧是超輕量羽絨外套，真是又輕盈又保暖啊。

這個清涼又快意的十二月夜晚，正靜靜流逝著。

作者的話

學生時期，我最討厭的作業就是作文與讀後感。書籍對我來說就等同壞心眼的隔壁同學，是個距離很近，卻絕對不可能混熟的存在。

一畢業，我就馬上與那位夥伴告別了。

不再有人要我讀書、寫作，我總算自由了。少了課本的書櫃變得空空如也。

「不過，你應該有與眾不同的想像力吧？」

人們總是會在他人的人生中尋找機率，就像是閱讀小說一樣。然而，再怎麼挖掘過去，我身上都找不到任何成為作家的跡象。或許這就是人生吧。

環顧四周，很多人的人生都與機率無關。

連喜歡的導演都沒有的朋友，突然說要出國學電影，瞬間踏上了留學之路；大學主修聲樂的朋友成了威風的老闆；而一看到書就煩的某人，成為了作家。

用任何平均值和統計數據，都很難去預測人類的一生。即便如此，我們還是會在人生中尋找平均與一般。

比如十多歲的人該怎麼樣，二十到三十歲的人該怎麼樣。當然，這並不一定是不好的。同理可證，偏離這個基準也完全不成問題。

不管葉子茂盛還是枝枒凋零，我們都會稱之為樹。世界上的樹木有無數種，我們並不會說，只有某種特定的形態才是樹木的典型。

連扎根於一處的樹木都是如此，又何況是雙腿自由的人類呢？

你現在是開心，還是難過？你是成功的，還是失敗的？你是美夢成真，還是感到挫折？你是認同，還是反對？在任何狀況下，都別以為這些就是一切。

無論是正面還是負面，人生都不會輕易照著你的預測走。

剛開始寫《平凡的餘暉》時，我可完全沒想到這個故事會成為一本書。

我要在此誠摯地感謝金正泰總編輯願意聆聽餘暉、盛夏，和東宇的故事。

還要對家裡那兩位男人說聲，謝謝和對不起，他們因為我這個搞文字工作的妻子與母親犧牲了好多好多。

最後，我要向讀過這本書的所有人表達衷心的感激。

我是在整個故事完成後才想到標題的，人類的一生也是如此，你我都還有大把時間能決定自己人生的標題。

所以，希望你能去體驗更多的挑戰和冒險，成功和失敗，痛苦和快樂。在很久很久很久的以後，各位的人生想必也會有個很棒的標題。

我看書的時候總是在想，作家在寫「作者的話」時會是什麼感受？他的心情一定複雜又微妙，無法用言語形容吧？內心應該激動不已吧？

但是當我真正成為作家，寫下最後一個篇章時，腦海中只有一個想法。

啊！真的好難寫喔！

看吧，人生絕對不會照著你的預測走。所以，人生很苦，也正因為苦，才夠有趣。願各位的人生，都充滿了無窮無盡的趣事。

二〇二一年一月

李喜榮

嬉文化

平凡的餘暉

（原名：보통의 노을〔Ordinary sunset〕）

著者／李喜榮
執行長／陳君平
榮譽發行人／黃鎮隆
協理／洪琇菁
總編輯／呂尚燁
譯者／李禎妮
美術總監／沙雲佩
美術編輯／李政儀
執行編輯／丁玉霈
企劃宣傳／楊玉如、施語宸、洪國瑋
國際版權／黃令歡、梁名儀
文字校對／施亞蒨
內文排版／謝青秀

出版／城邦文化事業股份有限公司 尖端出版
台北市中山區民生東路二段一四一號十樓
電話：（〇二）二五〇〇－七六〇〇
傳真：（〇二）二五〇〇－二六八三
E-mail：7novels@mail2.spp.com.tw

發行／英屬蓋曼群島商家庭傳媒股份有限公司城邦分公司　尖端出版
台北市中山區民生東路二段一四一號十樓
電話：（〇二）二五〇〇－七六〇〇（代表號）
傳真：（〇二）二五〇〇－一九七九

中彰投以北經銷／楨彥有限公司（含宜花東）
電話：（〇二）八九一九－三三六九
傳真：（〇二）八九一四－五五二四

雲嘉以南／智豐圖書有限公司
（嘉義公司）電話：（〇五）二三三－三八五二
傳真：（〇五）二三三－三八六三
（高雄公司）電話：（〇七）三七三－〇〇七九
傳真：（〇七）三七三－〇〇八七

香港經銷／城邦（香港）出版集團有限公司
香港灣仔駱克道一九三號東超商業中心一樓
電話：（八五二）二五〇八－六二三一
傳真：（八五二）二五七八－九三三七
E-mail：hkcite@biznetvigator.com

新馬經銷／城邦（馬新）出版集團 Cite（M）Sdn. Bhd.
E-mail：cite@cite.com.my

法律顧問／王子文律師　元禾法律事務所
台北市羅斯福路三段三十七號十五樓

二〇二二年七月一版一刷

■中文版■

郵購注意事項：
1.填妥劃撥單資料：帳號：50003021戶名：英屬蓋曼群島商家庭傳媒(股)公司城邦分公司。2.通信欄內註明訂購書名與冊數。3.劃撥金額低於500元，請加附掛號郵資50元。如劃撥日起 10～14日，仍未收到書時，請洽劃撥組。劃撥專線TEL：(03)312-4212 ・ FAX：(03)322-4621。E-mail：marketing@spp.com.tw

國家圖書館出版品預行編目資料

平凡的餘暉 / 李喜榮作；李禎妮譯. -- 一版. -- 臺北市：城邦文化事業股份有限公司尖端出版：英屬蓋曼群島商家庭傳媒股份有限公司城邦分公司尖端出版發行, 2022.07

面；　公分

譯自：**보통의 노을**

ISBN 978-626-338-021-9（平裝）

862.57　　111007461